目次

尾張
三河
遠江
上宮寺
岡崎城
上和田城
勝鬘寺
本宗寺
本證寺
土井城
藤川宿
菱池
野場城
御油宿
六栗城
深溝城
吉田城
矢作川
田原城
植田村

三河一向一揆図

三河雑兵心得　足軽仁義

序章　粗暴なり、茂兵衛

騒動の前には、いつも死んだ親父の言葉が頭を過《よぎ》る。

──やれるだけやれ。駄目なら駄目でそのときだら。

茂兵衛《もへえ》は青木の繁みの中に寝転び、鰯雲《いわしぐも》が浮かぶ空を見上げていた。空全体が東へ向けて、じんわりと動いていくように感じられた。

「兄ィ、来たら」

弟が囁《ささや》き、茂兵衛の脇腹を指先で突いた。

「どれ？」

音を立てぬよう、ゆっくりと体を起こす。青木の枝を摑んで首を伸ばし、半町（約五十五メートル）先をうかがった。

次の正月がくれば茂兵衛は十八歳になる。決して美男ではないが、精悍な面構えだ。赤銅色《しゃくどういろ》に焼けた体は大きく、肩や腕の筋肉が、すり切れた小袖越しにも盛り上がって見えた。

一対一の喧嘩《けんか》ならまずは負けない。親父を亡くした十三の春から年中無休、盆暮れ関係なく、大人二、三人分の働きを一人でしてきた。そこいらの甘えた奴らとは、膂力《りょりょく》と根性と背負った荷物の重さが違うのだ。

「おい、丑松《うしまつ》……三人もおるがね⁉」

「うん、三人おるな」

丑松はすまなそうに顔を伏せて口ごもった。この弟、兄とはまったく似ていない。よく見れば、なかなか可愛い顔をしている。ただ、頭は少々とろい。在所の植田《うえだ》村では「のろ丑」とか「馬鹿松」とか、酷い渾名《あだな》で呼ばれている。

「弥助《やすけ》と倉蔵《くらぞう》の兄弟だけじゃねェのかい？」

「し、新田《しんでん》の小吉《こきち》が来とる。なぜだろう？」

「たァけ、ありゃ助太刀よ」

「ああ、そうだら」

「二人対三人か、小吉は図体がでかいな。分が悪いら」

「あ、兄ィ……」

弟が茂兵衛の袖を握った。

「二人対三人ってよォ、まさか俺を勘定に入れたらいかんぞ。俺は喧嘩はできんからな。だから正しくは一人対三人で……」

「たァけ！」

思わず声が大きくなり、茂兵衛は己が口を左手で押さえた。半町先には喧嘩の相手が来ているのだ。このまま逃げ帰るにせよ、奇襲をかけるにせよ、悟られてはならない。

「おまん、誰のための喧嘩だと思うとる？」

「や、そこは俺も分かってるよ。コケにされた俺が悪いんだら」

蹴っても殴っても反抗しない丑松は、とかく村の不良たちからの苛《いじ》めや、からかいの対象となりやすかった。今回も弥助兄弟ら数名から、酷い目にあわされた。手足を縛られた上に、五寸（約十五センチ）もある大百足《おおむかで》を小袖の背中に入れられたのだ。泣き叫びつつ転げまわる丑松を眺めながら、奴らは大笑いしていたそうだ。三日経った今でもまだ、弟の背中には百足に咬《か》まれ赤黒く腫《は》れ上がった痕が残っている。

「家の者がなめられたらいかんから、兄ィは喧嘩してくれるんだ。ありがとう。それでも、俺に喧嘩は無理だがね。怖くてよォ、今も小便ちびりそうだら」

「……」

ま、端から期待はしていなかった。

丑松は頭も悪いし体も小さい。根性も意気地もない。人より優れているのは視力ぐらいなものだ。遠目も夜目もよく利くが、あまり喧嘩の役にはたたない。

「なら、おまんはここにおれ」

茂兵衛は弟にそう告げると、己が右手に握りしめた一尺半（約四十五センチ）ばかりの薪《まき》をジッと見つめた。今はこの棒切れだけが頼りである。

喧嘩の相手は二人だというから、手頃な薪を武器《えもの》として持ってきたのだ。ところが敵方も棒切れで武装しており、しかも人数は三人だ。だが、今さら引けない。ここで逃げれば、さらになめられる。

（ええい。やろまいか！）

もうヤケクソである。

弟の肩に片手を置き、反動をつけて繁みの中から飛び出した。薪を振り回し、奇声をあげて駆けだした。

畦道《あぜみち》が交差し、わずかに広くなっている辻に、三人は身を寄せ、心細げに立っていた。半町も田圃《たんぼ》の畦を走らねばならない。脚力には自信があったが、声を張り上げ続けると息がきれた。

「おらァ、なめとると、殺すぞ～」

走りながら怒声をあびせると、はたして三人の間に動揺が走った。茂兵衛が喧嘩無双《むそう》であることを近隣で知らぬ者はいない。

一瞬、後ろの二人が逃げ腰となった。先頭に立ち、呆然としている大男目がけて突っ込んだ。

ブン！

息が切れたその分、手許が狂った。図体の大きな小吉の頭を狙い、全力で振り下ろした最初の一撃が空を切ったのだ。

（し、しまったァ）

一瞬、冷や汗が吹きだした。体勢を崩したところに、小吉が横に薙《な》いだこん棒が飛んでくる。

反射的に首を引き、かろうじて避けたが、棒の先がわずかに蟀谷《こめかみ》をかすった。目に火花が散り、足元がよろける。もし芯が当たっていたら、そのまま打ち倒されていたはずだ。

間一髪で踏み止まり、反撃にでた。棒を大きく振り過ぎ、体勢を崩している小吉の右肩を薪で強《したた》かに打ちすえた。

「ううッ」

と、大男がうめいて、前屈みとなったところに上段から薪を振り下ろした。

ゴッ。

大将格の小吉が昏倒したことで、ほぼ勝負の先は見えた。浮き足だった残り二人にゆっくりと向き直る。馬鹿面《ばかづら》の兄、弥助と美男の弟、倉蔵だ。

──少し間合いが近い。

二度、三度と薪を振り回して、怯える弥助兄弟を数歩退《しりぞ》かせた。これでいい。手頃な間合いだ。そのまま一人対二人で睨みあったが、相手は顔面蒼白で、早くも戦意を喪失している。

「おまんら、殴られる腹も据わらねェなら、なぜ丑松にちょっかいだす?」

「………」

「………」

「俺の弟に、百足を突っ込みやがったのはどっちだ?」

「あ、兄貴だァ」

「倉蔵、おまん、嘘つけ!」

弟を睨みつけた兄が、茂兵衛に向き直った。

「茂兵衛、信じてくれ。俺ァ『よしとけ』って言ったんだら」

仲間割れである。見苦しい兄弟だ。いくらとろくても、丑松の方がまだましだ。今まで、二人で悪さをして、弟が茂兵衛に罪をなすりつけたことは一度もない。無論、その逆もない。

「ふん、言うただけで、止めはしなかったんだら？」

「そ、それは……」

ま、どうやら主犯は弟の倉蔵らしいが、兄貴の方も許さない。

「いずれにせよ、おまんらは二人とも屑《くず》だら……ほれ！」

弥助の喉に突きを入れた。薪の先端で弾き飛ばされた弥助は「ぐえッ」と低くうめき、畦から刈り入れの済んだ田圃の中へと転がり落ちた。喉を押さえ七転八倒している。

最後に、倉蔵一人が残った。

「こら倉蔵、丑松がおまんになにをした？　お？」

「馬鹿松は……や、丑松は薄馬鹿で皆に迷惑かけとるから、俺が総代で折檻《せっかん》しただけで……」

「はあ？　総代で折檻だと？　意味が分からんぞ」

このと、一度、優男は、時折、家の近くで見かける。色々と思うところもあり、一度「怒鳴りつけてやろう」と以前から心に決めていたのだ。

薪をかまえて一歩踏み出すと、倉蔵はこん棒を投げ捨て、畦道を逃げ出した。

（この野郎は……）

いたぶりの張本人が武器を投げ出し、傷ついた兄と助太刀に駆けつけてくれた朋輩《ツレ》を見捨て、敵に背中を見せ、浅ましくも逃げて行く。

「まてや、この卑怯者！」

倉蔵のような性根は、茂兵衛の美意識からは到底許しがたいものだった。畦を追いかけ、瞬時に追いつき、ひょこひょこと左右に揺れる頭を慎重に狙って薪を振り下ろした。

「ギャッ」

脳天にきつい一撃を受けた倉蔵が崩れ落ちたのを見て、背後で弥助と小吉が、田圃の中を這うようにして逃げ始めた。

「二度と俺の弟に手を出すな。次は本当に殺すら！」

冬を待つ田圃に、茂兵衛の咆哮《ほうこう》が響き渡った。

第一章　旅立ち

一

植田村で、茂兵衛の評判は芳《かんば》しくない。粗暴とか狂暴とか、三河《みかわ》風に言えば「どえらく嫌われて」いる。

「や、丑松のような者を、寄ってたかってコケにする奴らが悪い。正義は俺にある。誰に恥じることもねェら」

と、茂兵衛は主張する。確かに、一応それはその通りなのである。

茂兵衛は別段、癇癪《かんしゃく》持ちというわけではないし、理由もなく人を殴ることはない。女子供は勿論、自分より弱い立場の者には一切手を出さない。多くの場合、相手に非がある。

ただ、彼には「なめられたらいけない」「なめられたら、やられる」との信念が強すぎるのだ。一発殴れば済むところを二発、三発、四発とついつい増える。度の過ぎた打擲《ちょうちゃく》を加えてしまう結果、今一つ村人からの理解や同情、支持を得づらい。

「兄ィ、ちとやり過ぎじゃねェのか？」

弥助兄弟をとっちめた帰途、後方について歩きながら丑松が不安げに呟《つぶや》いた。

「たァけ、あのぐらいでちょうどええんだ。やっとかんとなめられる」

「兄ィのことなめる奴など、この界隈にはおらんよ」

「俺がなめられんでも、おまんがなめられる。おっかあや妹たちもなめられる」

と、ここで茂兵衛は歩みを止めて弟に振り返った。

「あの、おまんをコケにした倉蔵な」

「うん」

「あの野郎、タキに色目をつかってやがるんだ」

「え、タキに？」

「おとうがいないもんで、村の奴らからなめられてる証拠だら。タキを遊び人たちの玩具《おもちゃ》にしてなるもんか。兄貴である俺がガツンとやるしかなかろうさ」

そう早口でまくしたててから、茂兵衛はまた前を向き、歩き始めた。

妹たち三人は、母に似てみな顔貌《かおかたち》がいい。長女のタキが十四となり、色気づいてくると、家の周囲には評判を聞きつけた若い衆が徘徊《はいかい》し始め、茂兵衛を苛立たせた。

「ほうか、タキに色目をな……」

丑松は兄の後方を歩きながら、悲しげに瞬《まばた》きを繰り返した。

丑松は茂兵衛に従順だった。命令には従ったし、日頃から感謝の言葉を度々口にした。その丑松が、今日に限ってなかなか引き下がらない。

「でも……」

「でも、なんだ？」

「兄ィは、もう少し自分のことを考えたらええよ。俺やおっかあやタキのことなんか放っておけばええよ」

「たァけ……おまんらだけでなにができる」

「そりゃ、できないけど……できなくても、放っておけばええよ。兄ィは兄ィで、好きなことをすればええよ」

兄は弟を振り返って見た——いつになく真剣な眼差しだ。

「おまん、なにが言いたい？」

「よ、よく俺にも分からねェが、なにしろ兄ィは……」

弟は次の言葉を呑み込んだ。兄弟はしばらく見つめ合っていた。

「もうええ。分かったよ。俺は俺で、好きにさせてもらうさ……それで、ええか？」

「う、うん」

丑松が困ったような顔をして頷いた。

兄弟が家に戻ると、家の前に見覚えのある小男がうずくまっていた。

植田村一番の大百姓、五郎右衛門《ごろうえもん》に仕える下男である。小男は座ったままで、茂兵衛と丑松に卑屈な笑顔を投げてきた。

やがて家の中から五郎右衛門本人も姿を現し、慇懃《いんぎん》に茂兵衛に会釈してみせた。

男やもめの五郎右衛門の用向きは分かっている。茂兵衛の母親だ。

茂兵衛の母信乃《しの》は、鄙《ひな》には稀《まれ》な美人である。明るく働き者の女だったのだが、八年前に一番下の妹を産んで以来、床に就くことが多くなった。まだ親父が生きていたころ、一度だけ医者に診《み》せたことがあったが、どうも腎の臓を痛めているらしい。今日明日死ぬこともないが、よくもならない。そんな病《やまい》である。

四年前に親父が死んで後、五郎右衛門はちょくちょく顔を出すようになった。茂兵衛の前でこそ口にしないが、最近では露骨に「あんたを後妻にもらいたい」と母に申し出ているようである。

母はこの四年、子供たちが幼いこと、大百姓とはいえ農家の後妻に入るには病弱に過ぎることなどを理由に、お大尽の申し出を断り続けてきたのだ。しかし、三人の娘がある程度成長したことで、最近は風向きが若干変わってきていた。

「どうだろうかね？」

「どうもこうもねェさ……俺ァ今まで通り反対だァ」

「どうして？　五郎右衛門様はあんたや丑松も含め、皆のことを考えて言ってくれてると思うんだけどね」

家族六人そろって、貧しい夕食の膳に向かいながら、母は家長である茂兵衛に意見を求めた——否、「意見を求める」というよりも「同意を求めて」いる風に茂兵衛には感じられた。母なりに心の内で、先のことは決めているのだろう。

五郎右衛門は後妻に入った場合の条件を母に提示したようだ。

母には家事を一切させず、養生に専念させる。よい医者に診せ、薬も飲ませる。妹三人は五郎右衛門の養女となし、よい相手を見つけて婿を取るか、嫁に出すかしてくれるらしい。どこまで実現されるかは別にして、破格の条件ではある。五郎右衛門の本気がよく伝わった。

「丑松はどうなる？」

「丑松はね」

母が身を乗り出した。「待ってました」とでも言いたげな様子だ。

「岡崎《おかざき》の勝鬘寺《しょうまんじ》ってお寺に入れるつもりさ。五郎右衛門様が住持《じゅうじ》のお坊様と懇意でね、話をつけてくれるそうだよ」

「勝鬘寺？　知らねェな」

「念仏の立派なお寺らしいよ。なに、朝から歩けば一日で着く」

と、母は丑松に顔を向けて言った。

寺に入ると言っても、僧侶になるわけではあるまい。貧乏百姓の倅《せがれ》で、読み書きもろくに出来ない丑松のこと、寺男として雑用でもやらされるのだろう。

「結局、姿のいい女四人は引き受けるが、俺と丑松は厄介払いってわけだ？」

「そ、そんなんじゃないさ」

「で、俺はどうなるんだ？」

「あんたはね……」

母は、五郎右衛門に田畑を買い上げてもらうことを強く勧めた。

「その銭を元手に商売を始めてもいい。あんたは腕が立ち、頭も悪くないんだから、一ついい刀でも買ってさ、どこぞのお侍の家来になるのも、悪くないと思うんだけどね」

「………」

つまりは「村を出て行って欲しい」ということなのだろう。

生みの親から邪魔者扱いされたようで、流石に気分はよくなかった。頭では「悪くない話だ」と分かっていたが、それでも茂兵衛は意固地になっていた。

（親父が死んで四年、正味な話、俺がこの家を支えてきたんだ。自分たちの事情が整うまでは俺を働かせて、次に頼る相手がみつかれば、俺はさっさとお払い箱かい）

「親父の残してくれた田畑だ。手放すつもりはねェ。今までだってなんとかやれてたじゃないか。今のままでなにが悪いんだえ？」

「兄《あに》さんなんか……村の嫌われ者じゃないか！」

茂兵衛が弥助たちに鉄拳制裁を加えたことを聞いてから、ずっと押し黙っていた上の妹のタキが、長兄を睨みながら冷笑した。

「なんだと⁉」

「タキ……」

母は、目配せして長女を黙らせると、自分が話を引き取った。

「茂兵衛、あんたは百姓向きじゃないんだよ」

「どういうことだい？」

「百姓には才覚なんか要らない。たとえとろくても、その分村の連中と折り合っていけさえすれば、なんとかおまんまが食っていける。所詮百姓とはそういうもんだ。でも、あんたは違う」

「なんも違わんさ！」

――声が大きくなった。下の二人の妹は食事を止め、うつむいてしまった。タキはずっと茂兵衛を睨みつけたままだ。丑松は母と兄を交互に見比べながら、ひたすら周章狼狽《しゅうしょうろうばい》している。

「俺は折り合ってるよ。俺の方が村の決まりを破ってるわけじゃねェ。丑松のようなとろい奴を一方的に苛める世間が悪いんだ」

「そうとも、悪いのは世間の方さ。でもね、どんなに無道をされても、下を向いて、じっと辛抱さえしとけば、嵐は頭の上を通り過ぎていくもんだ。百姓は誰もがそうして生きてきたんだ。あんたみたいに、物事の筋目をうるさく言いだすと角が立っていけないよ」

「……」

「おっかさん、間違ったこと言ってるかい？」

母と子はしばし睨みあった。

「もういい。この話は終《しま》いだ。飯が不味《まず》うなる」

と、打豆《うちまめ》と葱《ねぎ》の塩辛いだけの汁を強飯《こわい》にかけ、ザクザクとかき込んだ。

二

翌朝、まだ明けきらぬころ、五郎右衛門がまたやってきた。

供の下男も連れずに、ただ一人青い顔をして駆け込んできたところを見れば、よほどのことが出来《しゅったい》したらしい。

五郎右衛門は、茂兵衛と母だけを囲炉裏端に呼びつけると、両の拳を固く握って膝の上に置き、声をひそめて話し始めた。

「えらいことになったら。茂兵衛、おまん、大原《おおはら》の弥助兄弟と揉めたのか？」

「……へい、昨日喧嘩しました」

今さら隠しても仕方がない。狭い村のこと、噂はすぐに広がる。

「弟の倉蔵な。今朝、死によったぞ」

「え……」

喧嘩の後、兄弟はちゃんと歩いて家に帰ったそうな。倉蔵は「茂兵衛に殴られた頭が痛い」と訴えてはいたが、昨晩は食事もとり、普通に床に就いたらしい。ところが今朝、倉蔵は寝床の中で冷たくなっていたのだ。

ガタン。

隣の部屋からタキが飛び出してきた。

怒っているような、蔑《さげす》んでいるような目で茂兵衛を睨みつけると、表へ駆け出して行った。全力で走り去る妹の背中を見つめる内、茂兵衛の脳裏にふと「妹との倉蔵は好き合っていたのではないか」との考えが過った。茂兵衛には「女たらしの倉蔵が、妹に色目を使っている」程度の認識しかなかったが、二人の仲はもう少し進展していたのかも知れない。だとすれば自分は、取り返しのつかないことをやらかしてしまったことになる。

「やっぱ俺が、殴ったから……ですか？」

「そら本当のところは、医者でもなけりゃ分からんが……少なくとも、倉蔵の家族は……や、村の者も大概はそう見るだろうさ」

「言い訳はしねェ。奴の頭、俺が薪で殴ったのは間違いねェが」

「兄ィが悪いわけじゃねェよ。兄ィは俺の仇討ちに行ってくれただけだら」

丑松までもが這い出してきて、話の輪に加わった。隣室からは下の妹二人のすすり泣く声が漏れ伝わってくる。

「向こうは三人で、こっちは茂兵衛一人だ。丑松、おまんは喧嘩しなかったんだよね？」

顔を伏せ、押し黙っていた母が、丑松に早口で質《ただ》した。

「うん、俺はずっと隠れてたから」

「ね、五郎右衛門様、三人対一人の卑怯な喧嘩だ。非は丑松を無慈悲に苛めた倉蔵にこそある。それに棒きれは皆持ってたんだから、殴る殴られるのはお互い様だがね。偶《たま》さか当たり所が悪かっただけで、なにも私の倅一人が責められる話じゃないはずだら」

「うん、その通りだ。それが道理だとワシも思う。でもな……」

息子を弁護しようといきりたつ女をなだめるように、五郎右衛門は慎重に言葉を継いだ。

「今までのこともある。一度でも茂兵衛に殴られたことのある奴は皆、弥助兄弟の肩を持つだろうさ。人の感情の前には、道理なんて無力なものよ」

「……」

母はまた押し黙ってしまった。

「俺、どうしたらええですか？」

「そうさな……」

五郎右衛門はしばらく考え込んでいたが、やがて「茂兵衛と二人で話がしたい」と言い出し、母と丑松を隣室へ下がらせた。

「茂兵衛……最前おっかさんが言ってたことは勿論その通りでな、喧嘩はお互い様だ。おまんばかりが責められる話ではない。そのことは村の衆も頭では皆わかってる。だとすれば、おっかさんと妹たちにまで累は及ばない。ワシが必ず守る。守れる。そこまではええな？」

「へい、恩に着ます。五郎右衛門様、ありがとうございます」

まずはそこだ。そこが肝心なのだ。今まで根拠もなく嫌っていた五郎右衛門に、茂兵衛は本気で頭を下げた。

「ただ、問題はおまんだ」

「分かりますら。少なくとも俺は、村にいられねェ……つまり、そういうことでしょ？」

「喧嘩の原因となった丑松もな」

「丑松も？　や、別にあいつはなにもやってなくて……」

「たァけ。おまんがいなくなりゃ、丑松は、おまんへの不満のはけ口にされちまうぞ。下手すりゃ殺される」

「そ、そらいかん」

と、茂兵衛は慌てて自説を引っ込めた。

「ここに一貫文ある」

と、懐から手拭いに包んだ永楽銭《えいらくせん》千文の銭緡《ぜにさし》を出し、床の上に置いた。

一貫文の永楽銭——一文は八十円から百二十円ぐらい。それが千枚。ざっくり、今でいう十万円ほどの価値であろうか。

さらに五郎右衛門は二通の封書を取り出し、茂兵衛に手渡した。

宛名は、一通が勝鬘寺宛てで、もう一通には「夏目次郎左衛門様《なつめじろうざえもん》」と、ともに達筆で認《したた》められていた。

「この銭で当座をしのぎながら、丑松を勝鬘寺まで送り届けてくれ。その後、おまんは菱池《ひしいけ》の畔《ほとり》の殿さんに仕えるだら」

「菱池？　岡崎の南側の、あの菱池ですか？」

「うん、六栗《むつぐり》という集落の御領主でな、夏目様という立派なお侍だ」

「な、夏目様？」

「夏目次郎左衛門吉信《よしのぶ》様だ。岡崎の松平元康《まつだいらもとやす》様の御家来衆よ……や、この七月に家康《いえやす》様と改名されたそうな。夏目様は、松平家康様の御家来だ」

「はあ」

なんとも藪から棒の話ではあるが、己が窮状を鑑みると、贅沢《ぜいたく》は言っていられない。

「俺は、侍になるんですか？」

「それは、おまんの器量次第ら。腕っぷしが強く、腹も据わっている。機転も利く。百姓より侍に向いているとワシは思う。初めは足軽か小者扱いだろうが、百姓と違って手柄を立てれば出世ができる。この乱世、手柄の立てどころはゴマンとあるがや」

いずれにせよ、迷っている暇はない。出発は早い方がいい。倉蔵の死に激昂した村人たちが、今にもこの家に押しかけてくるかも知れないのだから。

茂兵衛は丑松の尻を叩き、旅立ちの支度を急がせた。

旅支度と言っても、荷物は大仰なものではない。

いつも着た切り雀の貧乏百姓だから、着替えを持参するわけでもない。予備の草鞋《わらじ》を一足ずつと手拭い、家にあるだけの干飯《ほしいい》と塩を袋につめ、菅笠《すげがさ》をかぶる。後は五郎右衛門からもらった一貫文——それだけである。

茂兵衛はそれらの品々を打飼袋《うちがいぶくろ》に入れ、父の遺品である槍の先にぶら下げて家を出た。丑松が後に続く。

ちなみに、打飼袋は細長く袋状に縫い合わせた携行用の物入である。両端が紐になっており、背負ったり、腰に巻いたりする。

家の前で、母や妹たちに別れを告げた。

「なに、今生の別れってわけでもないら。手紙を書くし、また一緒に暮らせる日がくるやも知れん」

その日を彼女らが楽しみに待つか否かは別であるが、一応、幼い下の妹二人と母は泣いてくれた──まさか、嬉し泣きには見えない。

タキだけは一人離れたところに佇《たたず》み、茂兵衛にも丑松にも、一切声をかけようとはしなかった。

タキと死んだ倉蔵が、互いに好き合っていたことは確かなようで、母も薄々は感づいていたらしい。妹の〝いい人〟を撲殺してしまった兄──もう生涯、タキとの関係を修復することはできないかも知れない。

そんな風で、タキと言葉を交わす機会はなかったが、本当は、一つだけ彼女に訊いておきたいことがあった。

死んだ倉蔵は、丑松を苛めた動機について「薄馬鹿で皆に迷惑かけとるから折檻した」と言っていた。意味不明な言動だと、気にもしないでいたが、倉蔵とタキが互いに好意を持っていたとしたら、妙な話になってくる。

(丑松はタキの兄貴だ。そいつを苛めたら、タキとの仲に響くだろうに……すくなくとも、倉蔵はそう考えるだろう)

倉蔵は軟派で卑怯な男だが、馬鹿ではなかった。そのくらいの算盤《そろばん》が弾けないとは思えない。

倉蔵は死んでしまったし、タキとは言葉すら交わせない現状だ。真相が分かることはないが、茂兵衛なりに想像することはできた。

（タキの奴、丑松への不平不満を倉蔵にこぼしてたのかも知れないなァ）

茂兵衛が丑松を苛めた村人を殴るので、自分たちまで「乱暴者の妹」と後ろ指をさされる。さりとて、茂兵衛を悪くは言えない。自然、不満の矛先は次兄の丑松へと向かったものと思われた。

「あの薄馬鹿さえいなけりゃ、茂兵衛兄さんも村の衆を殴らんのよ」

可愛い恋人から不満を聞かされるうちに、倉蔵は「間違った男気」を発揮してしまったのではあるまいか。

（もし本当にそうなら、結局根っこは俺ということだら）

タキを責めるつもりは毛頭なかった。次兄が原因で長兄が村人に暴力をふるい、結果家族までが世間を狭くしてきたのだ。年頃になった妹が、自分の男に、兄たちの愚痴《ぐち》をこぼしても、それはむしろ当たり前で、よくあることと茂兵衛には思われた。

三

五郎右衛門と家族に別れを告げ、丑松を急《せ》かして村はずれまできた。旧暦の十月、まだ陽は山《やま》の端《は》を離れたばかりだ。岡崎までは八里（約三十二キロ）ほどの距離で、休まず歩けば、陽のあるうちに勝鬘寺へ着けるだろう。

「まずは吉田《よしだ》の御城まで行こうや。荷物もないんだ。頑張って、今日中に針崎《はりさき》に着くぞ」

「おう」

吉田城までは北東へ二里半（約十キロ）ほどの距離である。そこから山間《やまあい》を縫って街道が北西に延び、藤川《ふじかわ》を経て岡崎に至る。後の東海道だ。

勝鬘寺のある針崎は、岡崎のすぐ南。さらにその南には菱池が広がっており、茂兵衛の最終目的地である六栗村はその南西側の湖畔《こはん》にあった。

ちなみに、菱池は明治期に干拓が進み、現在では広大な農地となっている。もう湖はない。

茂兵衛は、今日のうちに強行軍で針崎まで辿り着き、勝鬘寺に丑松を預けた後、針崎で夜を明かすつもりでいる。翌朝早くに針崎を発《た》ち、菱池西岸を南下、六栗村へと至る予定である。

五郎右衛門からもらった一貫文は、半分を母に、残り半分を丑松に渡したので、針崎で宿に泊まる銭はない。勝鬘寺に頼んで泊めてもらうのもいいが、弟を預けにきて、兄貴が世話になるのでは丑松も肩身が狭かろう。ま、祠《ほこら》の中でも橋の下でも、雨露さえ凌げれば、男一匹どこでも寝られる。さほどに心配はしていない。

「ああ、清々したら」

歩きながら茂兵衛は、右腕と背筋を思い切り伸ばしてみた。左手は槍を担いでいるので自由が利かない。

昨日の喧嘩騒動以来、嫌なことが続き、遂には村から逃げ出す羽目になったわけだが、それでも弟と二人、秋の緩い陽光の下を歩いていると、茂兵衛の気分は大いに晴れた。

(俺も、随分と酷い男だら……人一人殺したかも知れんのに、正直あまり気になってはおらん。大体、俺が殴ったのが死因と決まったわけではないしな。若くてもポックリ逝く奴ァいるさ)

死んだ倉蔵が丑松にした仕打ち、仲間を見捨て浅ましく逃げ出した姿を思いだすと、良心の呵責《かしゃく》を感じることはほとんどなかった。タキは哀れと言えば哀れだが、それでも「あんな下衆《げす》に惚れ、兄である丑松の悪口を言ったタキにも非はある」と自らを弁護、行為を正当化した。

茂兵衛はこれから夏目某《なにがし》とかいう侍の家来になるのだ。百姓が人を傷つければ、こうして逃げ出さねばならないが、侍が敵を殺せば褒められる。

（ふん、なかなかええ生業《なりわい》だら）

根拠もなく嫌っていた五郎右衛門――ま、この点に関しては、己が不明を恥じるしかあるまい――に母や妹たちは任せてしまった。丑松も寺に預ければ、親父の死以来、茂兵衛が肩に背負ってきた、親弟妹《おやきようだい》という頸木《くびき》が外れるのだ。家族という重荷がなくなる。自分を拘束してきた、親弟妹という頸木が外れるのだ。一人は寂しいかも知れないが、それでも自分のことだけ考えていればいい暮らしはとても気儘《きまま》で楽しげに思えた。

茂兵衛は、己が将来に大きな希望を見出していた。

村を出て二町（約二百十八メートル）ほど歩くと、道は薄暗い森へと差しかかった。南北を海に挟まれた渥美《あつみ》半島は湿潤で、タブノキやスダジイの巨木が茂る原始の森も多い。

「ん？」

不穏な気配を感じた茂兵衛は、歩を止めて身がまえた。

木々の狭間をすり抜けた陽光が、幾筋かの光の縞《しま》となって地表の下生えを照らしている。

「出てこんか！」

タブノキの陰から十数名の男が、バラバラと道を塞ぐように走り出てきた。手には、それぞれ鋤《すき》や鍬《くわ》、こん棒などを握りしめている。うち数名は、錆刀《さびがたな》まで提げている。

「なんだ、おまんら？」

「やい茂兵衛、馬鹿松を連れて逃げる気か？」

と、殺気立って長脇差《ながどす》を構えたのは、大原在住の百姓で、弥助と倉蔵の兄弟と親しい清次《せいじ》だ。清次の背後には昨日の喧嘩で助太刀していた新田の小吉の顔も見える。

さすがに弟を亡くしたばかりの弥助の姿は見えなかった。

彼らの目的は質すまでもない。倉蔵の仇討ちだ。刀を持ち出してきたところを見れば、茂兵衛と丑松をここで殺すつもりなのだろう。

「や、逃げるなんてとんでもねェら。弟を吉田の方に奉公に出すんだが、知っての通りこいつは馬鹿でなァ。心配だから俺が送って行くんら……夕方までには帰るよ」

茂兵衛は、ことさらゆっくりと話しかけた。

時間稼ぎが必要だ。自分は槍を左肩に担いでいる。柄の先には荷物をぶら下げているし、穂鞘《ほさや》も外さねば戦えない。

「ああ、ほうだ。あんたは小吉さんだねェ……昨日は薪で殴ったりして、すまなかったなァ」

そろそろと槍を肩から下ろし、両手に持った。

「傷はどうだ？　痛むかね？」

「や、やかましいや！」

と、小吉は咆《ほ》えたが、その隙に茂兵衛は荷を槍から外し、弟に放って渡した。

「こ、この野郎……なんだかんだくっ喋りながら、槍の準備をしてやがる。皆の衆、問答無用だら。やっちまえ」

との清次の檄《げき》に応じ、一同は一斉に武器を構えたのだが——わずかに遅かった。すでに茂兵衛は槍の準備を済ませている。槍を短く前後させると、穂鞘が外れ、一尺（約三十センチ）あまりの笹の葉状の鋭利な穂先が姿を現した。

「へへへ、おう、やるのか？　おまんらがどうしても死にたいゆうなら、相手になってやるら！」

時間稼ぎをしていた先ほどまでとは、打って変わった口調で言った。

茂兵衛は槍を向けて、左右の刺客たちを威嚇牽制《いかくけんせい》した。

笹刃の穂先は、突くのは勿論、斬っても殺傷力を発揮する。言わば「刃渡り一尺の鋭利な両刃の短刀」を長く頑丈な樫棒《かし》の先にくりつけたような、極めて危険な武器なのだ。

槍は自己流だが、幼い時分から家にあったもので、親父の目を盗んで持ち出し、振り回して遊ぶうち、自然と手に馴染んでいる。

（ただ、森の中で長物を振り回すのは得策じゃねェな）

瞬時に頭の中で算盤を弾いた。立ち混んだ木々が邪魔をするから「突く」は兎も角「斬る」動きは当然やり辛くなる。

見れば、十間《けん》（約十八メートル）ほど先に開けた場所がある。あそこでなら一間半（約二・七メートル）の持槍も存分に振り回すことができそうだ。

「丑松、来い！」

と、一声怒鳴り、広場へ向けて駆け出した。

木々が生えていない五十坪（約百六十五平方メートル）ほどの開けた場所の中央に兄弟が陣取ると、討手方はバラバラとその周囲を取り囲んだ。

「お〜ら、おらおら……最初に死にてェのは誰だら？　清次、おまんか？」

茂兵衛は槍先を向け、大将格の清次を睨みつけた。

「………」

清次が蒼い顔をして一歩後ずさる。明らかに、冷たく光る槍の穂先に怯えている。

ただ、本気で「殺す」つもりはない。清次に限らず、誰一人の命も奪うわけにはいかない。いくら五郎右衛門の庇護があると言っても、母と三人の妹はこれからもこの村で暮らしていくのだから。倉蔵の死だけなら、喧嘩のはずみで済んでも、槍と刀で抗争し、兄が村人を突き殺しては、今後母と妹たちは村に住めなくなるだろう。だから断じて殺せない。「殺すぞ」は脅し、陽動、ハッタリに過ぎない。

「死ぬか？　清次、死ぬ気か？　今死ぬか？　お？」

と、そのハッタリでとことん追い詰める。

喧嘩は人数ではない――ま、「人数だけ」ではない。

数を頼み、俺の身は安全と油断している連中なら存外に脆《もろ》く崩れる。要諦《ようてい》は恐怖心――寡兵の側は、まず相手の頭《かしら》一人を徹底して攻撃、粉砕すべきだ。中心人物さえ倒せば、烏合《うごう》の衆の力は雲散霧消する。この場でいえば、その対象は清次であろう。

「も、茂兵衛……槍は一本、おまんも一人だら。これだけの人数相手に勝てると思うなよ」

と、茂兵衛の槍に狙われている清次が、遠慮がちに凄んでみせた。

「ああ、勝つつもりなんかねェら。俺と弟は、この場で殴り殺される覚悟を今固めたァ。なあ、丑松……そうだな？」

「う、うん」

丑松にしては上出来だ。当意即妙に応じてくれた。

「でもよ。二人きりであの世に行くつもりもねェ。せめて四、五人は道づれにしてやる。この槍の錆にしてくれる。ブスリと串刺しだら。背中まで簡単に突き抜けるぞ、ほれ、ほれ」

これは決して大袈裟な表現ではない。槍で刺すと、ほとんど抵抗なく、まるで豆腐に串を打つように易々と貫通するものだ。勿論、人を刺した経験はないのだが、一度畑を荒らした猪《いのしし》を刺したことがあり、その時の感覚が、まさに豆腐であった——穂先は、逃げる猪の太い腹にスッと入り、向こう側のあばら骨にガチリと当たって止まった。

「清次、おまんが最初か？　それとも、小吉が先に死ぬか？」

今度は穂先を小吉に向けた。大男が二歩後ずさった。

小吉は昨日の喧嘩で、茂兵衛の凶暴さを嫌というほど思い知らされているはずだ。多人数《おおにんずう》に慢心し、煽《おだ》てられ、ノコノコついてきたのかも知れないが、気づけば自分が一番前に押し出されている。昨日は喧嘩の助太刀。今日は襲撃の先頭——よほど頭が悪いか、人が好《い》いのだろう。

「やっぱ、おまんが先に死ね」

哀れな小吉に同情心が湧き、槍先の照準を清次に戻した。

「……………」

清次がさらに後ずさる。

「おい丑……」

背中に引っ付いて離れない弟に、小声で囁《ささや》いた。

「あ？　なんだ？」

「道が開けたら突っ走れ。吉田の城まで後ろを見ずに駆けろ」

「う、うん」

「死ね〜ッ」

と、小吉が鍬で打ちかかってきた。表情を見る限り「もうヤケクソ」という感じだ。

突き刺すことも、斬撃することもできたが、下手をすると殺してしまいかねない。槍を素早く旋回させ、柄の部分で小吉の出足をすくうことにした。

「わあ」

小吉は槍の柄で足をすくわれて横倒しとなり、顔から草叢《くさむら》に突っ込んだ。間髪を容れず、石突《いしづき》で小吉の腹の辺りを強《したた》かに突いた。

「ぐふッ」

腹を突かれた小吉の口から、なにやら赤黒い物体が飛び出した。薄暗い林内でのこと、それが血なのか、なにか胃の中にあった食い物なのかは分かりかねたが、討手の百姓たちを怯えさせる効果は十分で、一同は茂兵衛を遠巻きにするだけで、近づいてこなくなった。

「丑」

再度、背中の弟に小声で囁いた。

「ん？」

「吉田城の大手門の前で会おう。半刻《とき》（約一時間）待っても俺が来なかったら、その時ァ、一人で北西へ歩け……意地でも勝鬘寺に辿り着くんだ。ええな」

「や、でも兄ィ……」

「あ⁉」

「北西ってどっちだ？」

「う、丑松よ……」

一瞬眩暈《めまい》に襲われたが、ここで弟の馬鹿さ加減に癇癪を起こしても仕方がない。

「夕日に向かって立て。右前が北西だ」

「う、うん。右前だな、わかった」

と、丑松が返したと同時に、茂兵衛は攻撃に打って出た。

石突のあたりを片手で握り、頭上で大きく振り回し、奇声を上げながら突っ込んだ。囲みは左右に割れ、その先には吉田城へと続く逃走路が、白く真っすぐに開けた。

「よし丑松、今だ」

「うん」

と、兄弟そろって駆けだした。頭上で菅笠がバタついて走り難かったが、贅沢は言っていられない。

森を出たところで茂兵衛一人が立ち止まり、追いかけてきた討手方に向き直った。ここで討手を引き受け、弟の逃走時間を稼ぐつもりだ。丑松は兄の傍らをすり抜け、街道に戻ると、茂兵衛から言われた通り、後ろも見ずに北東方向へむけ走り去った。吉田城は二里半（約十キロ）ほど先である。

「さて……ここから先には、行かせねェ」

茂兵衛は槍を構え、突き刺す動作を繰り返して討手側を牽制した。

「倉蔵の仇討ちだら！」

と、顔は見知っているが、名までは思い浮かばない小太りの男が、打刀《うちがたな》を抜いて斬りかかってきた。

（こいつも刀か……この辺で一度、軽く血を見せておくのもいいだろう）

血を見せることで戦意を喪失してくれれば、むしろ誰も殺さずに済む。

「えいやッ」

小太りの男の脛に斬りつけた。長刀《なぎなた》のように槍を振り回し、向う脛を笹刃《ささは》の穂先で斬り裂いたのだ。

「ぎゃッ」

右足をザックリと斬られた小太りの男は、血の噴きだした脛をおさえてうずくまった。男の脛から噴き出る鮮血を見て、清次らの表情が一斉に硬直する。

(よし、これでいい)

相手方の戦意喪失を確信した茂兵衛は、身をひるがえし、槍を担ぐと、丑松の後を追って軽快に走り始めた。

はたして、討手たちが茂兵衛を追ってくることはなかった。

(この槍のお陰だら……おとう、俺ァ切り抜けたぜ)

清涼な秋空の下、街道を軽快に走りながら、肩に担いだ親父の槍をポンポンと二回叩いた。

四

「それがよ。本当に敵方《いまがわ》のお侍だったかどうか、よくわからねェのさ。なにせ月のない晩で、暗かったからのう」

普段は無口で陰鬱《いんうつ》な親父だったが年に数回、村の祭礼で御神酒《おみき》を頂くと、幼い茂兵衛を囲炉裏端に座らせ、いつも同じ武勇伝を語って聞かせた。

天文《てんぶん》十六年（一五四七年）、三河渥美半島全域を領有する戸田《とだ》家の居城、田原《たはら》城《じょう》が、今川義元《いまがわよしもと》の猛攻にあって落城した。城主戸田康光《やすみつ》は奮戦すれども衆寡敵せず、城を枕に討ち死にして果てた。

ただ、滅亡した戸田宗家に同情する声は、領地である渥美半島内でも存外に少なかった。

「ありゃあ、殿さんの自業自得《じごうじとく》だら」

「ほうだ。駿府《すんぷ》に行くはずの松平の若様を、織田側に売《う》っ払《ぱら》ちまったもんな」

「なんでも、永楽銭百貫文で折り合ったそうな……そりゃ、今川も怒るがね」

茂兵衛と丑松が故郷の植田村を出奔《しゅっぽん》したのが永禄《えいろく》六年（一五六三年）だから、

かれこれ十六年ほども前の話である。

田原城落城の余波で村が今川兵の略奪に遭《あ》わぬよう、若かりしころの親父は十数名の仲間とともに、先端を硬く焼きしめた竹槍を持ち、村の入口を警戒していたそうな。

「おい、来たがや」

夜半過ぎ、林の中を人の気配が近づいてきた――二人だ。確かに二人いる。おそらく腰の草摺《くさずり》が擦《こす》れあうのだろう、不用心《ぶようじん》にもカタカタと乾いた音が暗い林内に響いている。深手《ふかで》を負っているのか、一人がもう一人を支え、足を引きずりながらこちらへやってくる。

百姓たちは無言で頷き合うと、音もなく二人の侍を取り囲んだ。

「ま、待て。ワシは……」

それが侍の最期の言葉となった。

まさに、問答無用。数本の竹槍で刺し貫かれた武士たちが動けなくなると、親父は頭だった方の侍に馬乗りとなり、短刀を突き立て、手際よく喉を掻っ切ったそうな。

えてして、武勇伝や自慢話の類《たぐい》には尾鰭《おひれ》がつくものだが、父のこの話に限っては真実味があった。事実、茂兵衛の家──わずか二間（約三・六メートル）に四間（約七・二メートル）四方のあばら屋であるが──の奥には、長さ一間半（約二・七メートル）ほどの大身槍《おおみやり》が隠してあった。その夜殺した侍から奪った武具のうち、銭に替えずに残しておいたものだという。

樫の一本材に、一尺（約三十センチ）を超える長大な笹刃の穂先がついており、刃の樋《ひ》に沿って南無妙法蓮華経の題目が几帳面な文字で彫りこまれていた。明らかに足軽雑兵の持つ、長いだけが取り柄の槍とは違う。士分や訓練を受けた槍足軽が使う高価な持槍《もちやり》と思われた。

（今川は戸田に勝ったんだ。勝った方のお侍が怪我をして、夜中にこそこそ逃げてるわけはねェ。二人は確実に戸田方の……それも名のあるお侍だったんだ。在所の侍と分かっておとうたちは刺し殺した。ひでえ話だら）

──と、十歳の茂兵衛も薄々は察していたが、敢えてそれを口には出さない。親父の機嫌を損ね、頭を張られるのがおちだからだ。

そもそも、古今東西〝落武者狩《おちむしゃ》り〟とはそういうものだろう。

己の領主側であろうが、攻め込んできた敵側であろうが関係ない。農民から収穫物やら人手を収奪するのは、どこの武家も同じだ。夜陰に乗じて敗残兵を殺した後は、甲冑《かっちゅう》や武器を剝《は》ぎ取り、遺体は後難《こうなん》を恐れて山に埋めるか、沼に沈めるかする——それが当節、まっとうな百姓の行動規範というものだ。

「でもよ、おとう。お侍は甲冑を着てるだろ？　竹槍で殺せるもんだかね？」

「そりゃおまん……こつがあんだよ」

と、親父は声をひそめ、倅に顔を近づけた。わずかに酒精《しゅせい》が臭った。

「いいか茂兵衛、もし将来おまんが鎧《よろい》武者と戦うことになったら、忘れるな」

「うん、俺、忘れないよ」

戦国期の甲冑は〝当世具足《とうせいぐそく》〟と呼ばれる。室町期以前の〝大鎧《おおよろい》〟の欠点が克服改良され、軽くて、量産がきき、防御力に優れていた。

「ほんでも、弱点はあるら」

甲冑の胴には腰部と太股を防御する六、七枚の草摺がついている。この草摺、組紐か革紐で胴から「ぶら下げてあるだけ」なのだ。揺糸《ゆるぎのいと》なぞと呼ばれる可動部だ。ここを鉄板で固めてしまうと身動きがとれなくなる。

当然、この紐部分は当世具足の弱点となっていた。易々と槍先を通してしまうのだ。また、草摺と草摺がぶら下がる間隙《かんげき》も弱点となっている。

要は、腰から股座《またぐら》付近が狙い目という話だ。たとえ竹槍で鎧武者と戦う場合でも、相手の下半身を狙って闇雲に突けば、案外に穂先は「敵の体に達するもんだら」と親父は三河弁で幾度も念を押した。

「どうした茂兵衛？　浮かねェ面《つら》だな？」

「や、なんぼ敵でも……珍宝《ちんぽう》や尻《けつ》を槍で刺されるのは、随分と痛そうだ」

茂兵衛は顔を歪めた。十歳の少年には「敵の股座を狙い、皆で竹槍を突き立てる」の件《くだり》は、ちと刺激が強すぎた。

「なに、お互い様よ。百姓も侍も乱世を生きてんだ。やるかやられるかよ。情けなんかかけてられるかよ」

「う、うん……」

と、茂兵衛はわずかに震える指先で鼻をほじった。

暗い木立の中、裏切った領民にとり囲まれ、腰を竹槍で刺され、組み伏せられ、短刀で首を掻かれる。甲冑や衣服を剝ぎ取られ、骸《むくろ》は野山に捨てられて葬式も出してもらえない。

「そんな死に様、俺ァ嫌だな」

「嫌なら……なめられないこった。人間、なめられたら終いよォ」

茂兵衛の父たちは、殺した侍を恐れなかった。

戸田の侍は戦《いくさ》に敗け、傷つき、逃げ回るだけの落武者だった。要は、百姓にもなめられる負け犬だったのだ。

「同じ落人《おちうど》でもよォ。背筋伸ばして馬に乗り、槍をかまえて逃げてこられたら、ワシらも怖くて手ェだせなかったさ。むしろ『戸田様のお侍だァ』とか言って村で匿《かくま》ってやったかもしれねェ……でも野郎はそうじゃなかった。槍は持ってたが、杖に使ってたんだ。もう、ボロボロよォ」

「ふ〜ん」

乱世は弱肉強食だ。嫌な世相だが、強くあらねば――せめて、強いように振舞わねば――より強い他者からの簒奪《さんだつ》を受け、食い物にされてしまう。親父が伝えたかったのは、そういうことだったのだろう。で、その辺の身も蓋もない事情は、幼い茂兵衛にもなんとなくストンと腑に落ちた。

三年後、その親父も流行病《はやりやまい》で死んだ。

ひと月あまり酷い下痢が止まらず、大層苦しんで逝ったところを見れば、やはり在所の侍を裏切り、惨殺したことで「神罰が下った」ものと、十三歳になった茂兵衛は確信した。

父の闘病中は、茂兵衛自身も精神が不安定となり、毎日弟や妹を怒鳴りつけてばかりいた。

「たァけ！　また違うがね！　ちゃんとセンブリ採ってこい」

「兄ィ、堪忍だら……叩かねェでくれ」

一つ年下の丑松は、幾度教えても父に飲ませる薬草をちゃんと採ってこられない。下手な草を飲ませると毒に働く恐れもあるわけで、それを適当に摘んでくる丑松の迂闊《うかつ》さ、責任感のなさが茂兵衛を苛立たせた。

「茂兵衛……丑松を怒鳴るな」

腹痛に苦しみながらも、父は長男をたしなめた。

「でもよ。おとうが飲む薬だぞ」

「怒鳴って、丑松のたァけが治るか？　ここだけの話な、野郎のたァけは一生もんよォ。筋金入りよォ」

「ハハハ、ほうだのォ」

なぜか少しだけ気分が晴れた。健康な時は、こんな惚《とぼ》けた台詞《せりふ》の言える父ではなかったはずだ。

さしたる才覚もなく、面白味もなかった親父のことをあまり好きではなかった。ただ、死ぬまでのひと月間だけは、茂兵衛は父とよく語り合った。それこそ一生分も喋った気がする。

「ワシが死んだら、茂兵衛よ……おまんだけが頼りだら」

「でも、どうすりゃええ？」

「おっかあは、あの通り病弱だ。働けねェ。丑松は薄馬鹿。妹たちはまだガキだ。おまんが立ち止まったとき、この家は終わる。その腹積もりで、歩けるところまで歩いたらええ。そんで心底から『もう駄目だ』と思ったら、歩くのを止めろ。誰もおまんを責めん。一家六人、仲良く死んだらそれでええ。ワシがあの世で家買って待っとるら」

「おとう……」

やれるところまでやれれば、それでいい――ありがたいと思った。父の言葉は、茂兵衛の肩の荷を随分と軽くしてくれたものだ。事実それ以後の茂兵衛は、あまり丑松や妹たちを怒鳴らなくなった。

存在感の薄い父ではあったが、いざ死なれてみると、途端に茂兵衛の家は窮地に陥った。病弱な母と三人の幼い妹たち、それに自分と丑松の食い扶持が、十三歳の茂兵衛の双肩にかかってきたのである。父が残したわずかな田畑を早朝から耕し、水を汲《く》み、薪を割り、炊事洗濯、子守と母の看病、その後には夜なべ仕事が待っていた。

（なあに……やれるところまでやればいいんだからな。おとうの言った通り、駄目だと思ったら止めればええ。気楽なもんさ）

父の遺訓を思い出しては自分を励まし、寝る間も惜しんで働いた。

五

吉田城の大手門前で落ち合った茂兵衛兄弟が、御油《ごゆ》の宿場に差し掛かったころには、すでに未《ひつじ》の上刻（午後一時台）を回っていた。御油から藤川まで、三里（約十二キロ）ほども人通りの少ない、山間の道を進まねばならない。

「な、兄ィ」

「ん？」

前を行く茂兵衛に、二間（約三・六メートル）ほど後方から丑松が声をかけた。

「兄ィを待つ間、ずっと見とったんだけど、吉田の城な……随分と侍の出入りがなんの」

「それが皆、鎧櫃《よろいびつ》背負ってよォ。馬に乗ってよォ。槍持ってよォ。物々しいの多かったら」

「城は侍の塒《ねぐら》だ。侍が出入りするのは当たり前さ」

現下の吉田城には今川方の城代が赴任している。小原鎮実《おはらしげざね》という若い武将だ。もし今川が松平の本拠地である岡崎城を襲うとしたら、現在兄弟が歩いていることの道が軍勢の通り道となるはずだ。

「どこぞで戦でもあるんかな?」

不安を感じた茂兵衛は、立ち止まり、今来た道を振り返って見た。まだ大軍の接近を示すような兆候——例えば巻き上がる砂塵とか、馬のいななきとか——そんなものはなに一つ感じ取れなかった。「大丈夫だろう」と高を括り、茂兵衛は又候《またぞろ》歩き出した。

「兄ィ」

「ん?」

「槍の鞘……失くしたか?」

「穂鞘か? おう、さっきな」

森の中で村の者と揉めたとき、茂兵衛は槍を前後させて穂鞘を振るい落とした。穂鞘はそのまま地面に落ち、拾う機会はついに訪れなかったのである。木製の鞘の外側は黒漆が塗られ、内側には鹿の革を貼ってあった。なかなか高級な穂鞘で惜しくはあったのだが、ま、命には代えられない。今は抜き身のまま、肩に担いでいる。

「兄ィ」

「あ？」

「あっこに、侍が来るぞ」

「……どこだ？」

目のいい丑松が指さす彼方《かなた》を、菅笠の縁を持ち上げて見遣るが、茂兵衛の目では、八町（約八百七十二メートル）以上も先方、米粒程の物が動いているような、いないような——その程度にしか見えない。

「あれ、侍なのか？」

「うん」

「こっちへ来るのか？」

「うん」

「いく人だ？」

「二人。甲冑を着て、馬に乗ってる」

「……甲冑を？」

茂兵衛は少し考えた。

人気のない街道で重武装の侍二人とすれ違う——若干、恐ろしい。さらに侍たちは今川に与《くみ》する吉田城の方へと向かっており、反対に茂兵衛はこれから松平家康の家来に仕えようと岡崎へ向かっている。

（一つ間違うと、敵側ということになるなァ）

「どうする、兄ィ？」

「そうさな……」

しばらく考えた。どうしても今日中には、勝鬘寺へ着きたい。

「ま、大丈夫だろう。なんぞ難癖でもつけられたら、道の両側は山だ。走って山に逃げこみゃえぇら」

険しい斜面を馬は上って来られないし、馬を降りて追って来ようにも、重い甲冑を着ている相手と身軽な茂兵衛らでは勝負になるまい。要は安全だということだ。

兄弟はそのまま岡崎を目指して歩くことにした。

彼我《ひが》の距離は、瞬く間に狭まった。

小柄な瘦《や》せ馬に跨《また》がった二人の侍は、共に年のころ二十代半ば。前立のない古風な星兜《ほしかぶと》をかぶり、一人は黒漆を、今一人は赤漆を塗ったボロボロの当世具足を着用している。錣《しころ》も袖《そで》も草摺も、板札《いたざね》を数本の革紐で繋げただけの質素な素掛《すがけ》縅《おどし》だ。さらには赤具足の方は槍さえ持っていない。その貧相な瘦せ馬と、地味な甲冑姿を見れば、騎乗の身分でこそあるものの、名のある武将でないことは自明であった。

「おい、そこの二人、暫時《しばし》待てい」

すれ違い様、急に赤具足が声をかけてきた。

「へい、私共ですか？」

「たァけが……他に誰がおる！」

黒具足が不快げに茂兵衛を睨みつけた——随分と横柄な態度だ。

赤具足が馬を降り、茂兵衛の方へと歩いてきた。怖気《おじけ》づいた丑松は早くも逃げ腰になっている。茂兵衛が一言「逃げろ」と叫べば、すぐにも山の斜面に向かって駆けだせる体勢だ。

赤具足の目の高さは、大柄な茂兵衛とさほど変らない。痩身で、膂力《りょりょく》だけな

ら茂兵衛の方に分がありそうだが、なんとも迫力のある目付きである。黒具足の方とは違い、柔和な笑顔を投げかけてくるのだが――それでも随分と「戦慣れ」しているのだろう、得体の知れない殺気のようなものを醸し出している。日頃は剛毅な茂兵衛も少しだけ膝が震えた。

「よい槍を持っておるな……後学のためじゃ。ちと見せてはくれぬか？」

「……」

そう言われて、断る理由もない。是非もなく、槍を渡した。

「ほう、大身の笹刃か……柄は樫の一本材と見たが？」

「へい、そう聞いておりやす」

「おまんの持ち物か？」

「てて親の形見で」

「父御は武士だったのか？」

「いえ、百姓にございます。若いころ、商人から買ったとか」

まさか「落武者を殺して奪った」とも言えない。

赤具足は穂先の刃を仔細に眺めはじめた。

「法華経が彫ってあるな？」

「買った当初から、彫り込んでありましたもので」

「血曇りも見える……人を刺したことがあるのか？」

「まさか……畑を荒らす猪を一度突いたことがございますので、多分その折のものでしょう」

元より、最前、小太りの男の脛を斬ったときの血であろう。昔、猪を突いたときの血曇りは、直後に自分で手入れをし、綺麗に落としてある。

「ふ〜ん……」

と、赤具足は興味を失ったかのように呟いて、槍を返してよこした。このまま奪い去られるのではと不安だったので、まずはホッとしながら受け取った。

「その槍を気に入った。な、売ってくれぬか？　最前、槍を谷に落として、難儀をしておるのよ」

おそらくは嘘であろう。貧乏で槍など最初から持っていなかったのだ。売れとのことだが、本当に銭があるのだろうか。

「や、なにせ親父の形見にございますので……それればかりは御勘弁を」

「金なら払うぞ。幾らだ、売値を申せ」

侍は一歩前に踏みだした。自然、茂兵衛は一歩後退した。

「本当に申し訳ないのでございますが、これればかりは……」

「どうしても断るか？　売る気はないと申すか……」

赤具足の表情から笑顔が消え、一瞬声が低くなった。本能的に茂兵衛は身がまえる。

「槍など、おまんら百姓が持っておっても宝の持ち腐れだろうが？」

「や、だから、これは親父の形見で……」

と、警戒しながら答えたつもりだったが——ゴンと大きな音がして、記憶はそこで途切れた。

次に目を開けると、道端に横たわっており、心配そうに覗きこむ丑松と目が合った。

「あ、兄ィ、大丈夫か？」

「ど、どうし……うッ」

右顎に強烈な痛みを感じて、茂兵衛は口ごもった。手で触れてみると、頬から顎にかけて大きく腫れている。

「俺ァ、殴られたのか？」

あまり口を開けないようにして、小声で弟に質した。

「うん、赤具足が不意討ちしやがった。兄ィ、膝から崩れ落ちてよォ。俺ァびっくりしたら。死んだのかと……で、一旦は山に逃げたんだが、戻ってくると兄ィ息してたから」

「槍は？」

「赤具足が持ってった」

「野郎、銭を置いて行ったか？」

丑松は、すまなそうに首を横に振った。

「ふん、ま、そうだろうな」

ほとんど、盗っ人である。

茂兵衛は可笑しかった。顎が痛むので口を開けて笑うことはしなかったが、心の中で笑った。父は侍を殺して槍を入手し、その倅である自分が侍に殴られて槍を盗《と》られたのだ。

（こういうのを『行って来い』とか言うんだろうさ……ま、あの赤具足の面《つら》ァ終生忘れねェ。人間、なめられたら終いだからなァ。今度会ったら、ただじゃ済まさねェら）

と、ここまで考えて、思わず溜息が漏れた。

(でもよォ……あんな凄い奴相手だ。幾度やっても勝てねェんじゃねェかな？)

と、茂兵衛にしては珍しく弱気になっていた。

顎こそ痛むが、足は健常なままだ。ここで半刻（約一時間）ほど無駄にした結果、もう陽は大分傾いている。先を急ぐべし。菅笠をかぶり、丑松に一声かけて、岡崎への道を急いだ。

(村では、喧嘩で後れを取るこたァなかった俺だ)

それも単に馬鹿力でねじ伏せていたわけではない。相手の動きを読むとか、身のこなしを素早くするとか、自分なりに気を配り戦っていたのだ。

ところが、最前の赤具足の動きには、まったく付いていけなかった。そもそも殴られた瞬間を見ていない。殴られた音を聞いただけだ。気づけば道端に倒れていた——それほどに、赤具足の動きは速かったということだ。

「あれが『戦慣れ』ってもんなんだろうなァ」

「え？　兄ィ、なんぞ言うたか？」

「や、別に……なにも言ってねェがや」

命を懸けた戦場から幾度か生還するうちに、自然と身に付く「動き」やら「速さ」というものがあるのだろう。『戦振り』との言い方もある。鍛錬や修業でどうこうできるものではなく、只々実地で体得するしかない感覚的なものだ。

正直なところ、今までは夏目某の家来になることに、茂兵衛は多少の自信を持っていたのだ。なにせ、村では喧嘩無双だったのだから。侍になっても、戦場に出ても「俺ならやれる」と高慢に考えていた。

だがその自信は、赤具足との一件で脆くも崩れ去った。

おんぼろ甲冑に痩せ馬、槍すら持たない有象無象の侍でも、ここまで力量の差があるのだ。名のある武将の凄さは如何ばかりのものだろう。とてもではないが、自分の力など及ばない遠い世界なのではないか——そう考えると、気分が滅入った。

（世の中、上には上がいるもんだなァ）

夏目某のところになど行くのは止め「家に帰ろうか」と思わぬでもなかったが、なにせ倉蔵を殺した上に、別の一人にも大怪我を負わせている。今さら村へは戻れない。

（じゃ、丑松にやった五百文を取り上げ、それを元手に商売でも始めるか？）

これは現実的な選択肢かと思われた。いくら丑松が住みこむのが寺だと言っても、世知辛い世の中のことだ。懐に五百文持っていると知れたら、寄ってたかって鴨にされるに決まっている。それぐらいなら、茂兵衛が有意義に使ってやった方が、銭も喜ぶのではあるまいか。

そう考え、後方を振り返って弟を見た。

「な、丑よ」

「ん、なんだ？」

善良そうな笑顔だ。しばらく弟を見つめながら歩いた。

（……駄目だァ。言い出せねェや）

弟は茂兵衛に全幅の信頼を寄せている。一度「お前のものだ」と言って渡した銭であっても、茂兵衛が「やはり、俺に寄こせ」と言えば、丑松は素直に返してくれるだろう。

でも、同時に悲しい思いをするに違いない。弟が哀れでならなかった。

「いいか丑、懐に銭を持っていることは誰にも言うなよ。住職だか師匠だか知らんが、なにしろ正直で信頼のおける坊主に預けるんだ。いいな」

「うん、そうするよ」

「……」

（大体、俺みたいに粗暴で喧嘩腰の破落戸《ごろつき》が商人に向いているはずもねェ……つまり、俺の居場所は夏目某にしかねェってこったな）

と、諦めをつけた瞬間、殴られた顎がズキリと痛み、ふと妙なことに思い当った。

（ああ、俺が殴られたのは右顎だら……てェことは、赤具足の野郎は、左利きだったってことか）

この四年で十数回もの酷い喧嘩をしてきたが、左利きの相手とやり合った記憶は一度もない。すべての相手は右利きだった。今までの経験から、茂兵衛は無意識のうちに相手の右腕の動きを注視警戒していた。そこへ、視野の外から左手が急に飛んできたので、不意を突かれてまともに食らってしまった——そんな推理を立ててみた。

（野郎と俺との実力の差というよりも、利き腕の差……槍や刀でやり合えば、さほどの差はねェのかも知れねェなァ）

左利きでも刀を握る手の順番は同じだ。右手が前、左手が後ろ。槍の場合は、逆手で握る者もあろうが、突き出される穂先の角度はさほどに変わるまい。

（やれるやれる……世の中には、左利きの野郎もいる。そう頭の隅に置いときゃ

大丈夫だ。さっきみたいな不覚をとることはねェだろうさ)
楽天的に考えると、少しだけ元気が湧いてきた。

六

藤川宿で山間の道は終わり、視界が開けた。

このまま北西に街道を往《い》けば岡崎だが、兄弟は左に曲がり、西の地平線に近づいた太陽を正面に見て進んだ。一里(約四キロ)ほど歩けば針崎に至る。目的地の勝鬘寺は、その針崎にある。

「急げ丑松、日のある内に山門を潜るぞ」

「うん」

寺の門は日没とともに閉まる。新参者の寺男とその兄が、大仰に門扉《もんぴ》を叩きわざわざ門番を呼び出すのも気が引ける。できれば日没前に、勝鬘寺へ辿り着きたかった。

「な、兄ィ」

背後から丑松が声をかけてきた。その顔は、西日に照らされて、やや橙《だいだい》色に染まって見えた。

「ん？」

「兄ィは侍になるんだろ？」

この辺りは濃尾《のうび》平野の東端にあたる。西の方角に高い山はないから、太陽は伸びやかな地平線に、ゆっくりと沈むのだ。海が近く、緑濃い丘陵がうねうねと続く渥美の景観も好きだが、こうして広大な平野に沈む夕日を眺めていると、心までが解放され、平らな大地の表層に拡散していくようで、茂兵衛の気分は大いに晴れた。

「侍に仕えるってだけだ。侍になれるかはまだ分からねェ」

「や、兄ィならなれるよ。兄ィは俺なんかとは出来が違うから侍になれる。俺が請け合う」

「あ、ありがとよ」

出来の悪い弟からの褒め言葉だが、それでも嬉しくはなかった。

「で、侍になったら家来が要るだろ？　そんときゃ、勝鬘寺に俺を迎えに来てくれ。俺が兄ィの家来になってやるからさ」

「ああ、そうするよ」

と、軽い気持ちで返事をした後、少し考えた。

茂兵衛は足を止め、弟に振り返った。

「おい丑松……寺に入るからには、性根を入れて勤めろよ」

と、語気を強めて言うと、丑松は驚いた様子で立ち止まり、心細げにうつむいてしまった。

「いずれ俺が迎えに来るとか、そんな甘えた気分じゃ駄目だぞ」

「う、うん」

「おまん、寺が嫌なのか？」

「そんなことはねェけど……できれば、兄ィと一緒がいい」

「一緒って……」

おそらく丑松は、かなり重要な話をしていた。

いままで茂兵衛は、弟の庇護者を任じてきた。村人からなめられないように虚勢と鉄拳を振るい、結果自分も弟も村にいられなくなってしまったのだ。

もし茂兵衛がそのように振る舞わなかったら、確かに丑松はなめられ、不当に扱われたかも知れないが、それでも命をとられるわけではないし、今も将来も「出来の悪い村の一員」として静かに暮らすことが可能だったのではあるまいか。

今までにも、そんなことを幾度か考えた。よい手立てがないものか、と悩んだり、村人との和解を模索したりもしたが、やはり十五、十六の茂兵衛には荷が重すぎた。遠く知恵が及ばず、今まで通りに悪童どもを「殴り」「恫喝」してきた経緯がある。

——兄ィは、もう少し自分のことを考えたらええよ。俺やおっかあやタキのことなんか放っておけばええよ。

——たァけ、おまんらだけでなにができる。

——できなくても、放っておけばええよ。兄ィは兄ィで、好きなことをすればええよ。

以前、丑松と交わした会話が脳裏を過った。

(俺が手をかけ過ぎたんだ。出しゃばり過ぎた。家族にも、丑松にも……結果、丑松は俺に頼り切るようになっちまった。俺の責だら)

だから倉蔵が死んで、五郎右衛門が「丑松を勝鬘寺に」と言い出してくれたときには「今が、俺と家族、俺と丑松の別れどきだァ」と思い切りがついたものだ。それが、ここに来て、また振出しに逆戻りしかねない。

「や、でも……武家奉公は、おまんには向かねェと思うぞ」

ただ叱りつけるのではなく、丑松も納得するかたちで別れたかった。

「なにせ侍は殺すのが仕事だからな。ガキの喧嘩ですら逃げてばかりだったおまんに勤まるものかね……おまんは、寺の方がええ、寺の方が向いてるら」

「でも、寺に兄ィはいねェ」

「……」

返事に窮し、困った茂兵衛は無言で歩き始めた。丑松も黙って後に続いた。

陽が落ちてしばらく経ってから、ようやく勝鬘寺に辿り着いた。

驚いたことに、寺とその周辺は完全に要塞化されていた。環濠《からぼり》を巡らし、土塁を積み上げ、その上には厳重な柵が巡らされている。矢倉を戴いた門を潜ると内部には繁華な街が広がっていた。細い通りの両側に物品を商う店が建ち並び、商人や百姓、侍や僧侶が忙しなく往来している。

茂兵衛は後から知ったのだが、これは寺内町《じないまち》と呼ばれるもので、信仰の中心である寺と、商業施設、軍事的な城郭——三者の機能を一堂に集めた、当時浄土真宗系の寺院が多く採用した形態だ。

その寺内町の中心に勝鬘寺はあった。城郭で言えば〝本丸〟であろう。古刹《こさつ》は闇に静まってなどおらず、煌々《こうこう》と篝火《かがりび》が焚《た》かれ、荷駄が続々と運び込まれていた。人馬の声——喧噪が境内とその周辺に満ち満ちていた。

「こりゃまた……どうしたことか？」

寺自体が五間（約九メートル）ほどの台地上に建っており、こちらも斜面の下の濠と斜面の上の柵で厳重に防御されていた。

茂兵衛兄弟は、おそるおそる山門をくぐり、境内に入った。

茂兵衛は荷駄に指図を与えている若い僧侶に声をかけ、五郎右衛門の手紙を差し出した。僧侶は封書を受け取らずに、一言「庫裏《くり》へ行け」とだけ応じ、そのまま押し寄せる荷駄の差配を続けた。

庫裏にまわると、若い僧侶が面談してくれた。事情を話し、五郎右衛門の手紙を渡した。若い僧侶は書状にサッと目を通すと、年配の寺男を呼び、丑松に寺の作法と仕事を教えるよう命じた。このとき以降、丑松は勝鬘寺の寺男となった次第だ。

「じゃ、俺ァ行くからな」

「あ、兄ィ」

「情けない面《つら》するんじゃねェ！　おまんも男だろが！」

と、どやしつけてから、あえて振り返ることなく庫裏をとび出た。冷た過ぎるかとも思ったが、「頼りになる兄ィはもういない」と、一刻も早く丑松に腹をくくってもらいたかったのだ。

庫裏を出て、数歩歩いてから少しだけ振り返ってみた。丑松はまだ同じところにおり、黙って茂兵衛を見送っていた。「棄てられた」と感じているかも知れない。胸が締め付けられたが、ここは心を鬼にして歩を進めた。

寺内町の喧噪を出ると、すでに満月は東の空高くにまで上っていた。

六栗村は針崎から南へ一里半（約六キロ）ほどの距離だ。月が明るいので夜道を歩くことも考えたが、朝から色々なことがありすぎて、流石の茂兵衛も疲労困《こん》憊《ぱい》している。矢作《やはぎ》川の支流にかかる小さな橋の下にもぐりこみ、一夜を明かすことに決めた。

川の水を心ゆくまで飲んだ後、痛む右顎をかばいながら干飯を齧《かじ》り、塩を十分に舐めた。

干飯は、蒸籠《せいろ》で蒸しあげた米を天日乾燥させた携行食である。とても硬いし、美味くもないが、生米ではないから腹は下さない。時間に余裕があれば、やわらかく茹でて粥にする。塩を振って食えば、それなりに美味い。

「旦那……」

唐突に暗がりから声がかかった。

細くか弱く——墓の中から漏れる死人《しびと》の呻《うめ》き声を連想させた。

橋の下にもぐり込んだ端から、先客があることには気づいていた。おそらくは物乞であろう。大きな害はない。仮に盗っ人であっても、茂兵衛の懐には永楽銭が五枚か六枚入っているだけだ。それをすべて盗られたところで大した被害ではない。

「なんだね？」

「その干飯、ほんの少しでいいから、わけてくれねェか？　一昨日からなにも口に入れちゃいねェんだ」

十七年間生きてきて「旦那」と呼ばれたのは初めての経験だった。少し面映《おもは》ゆくもあったが、決して不快な気分ではなかった。

「ああ、いいよ……食いなよ」

打飼袋に手をつっこみ、一掴みの干飯を物乞に渡した。

「ありがてェ。恩に着ますぜ」

暗がりから姿を現した物乞は、一粒も落とすまいと、両手で丁寧に受けると、また暗がりへと戻っていった。彼が動くと、すえた臭いが鼻を突いた。

ほんの一瞬だけ、橋板の隙間から射し込んだ月明りに透かして見た限りでは、小柄な年配の男だ。

それからしばらくの間、闇の中に干飯を嚙《か》む音がポリポリと響いた。言葉に嘘がなければ、一昨日以来の食事であろうから、茂兵衛は邪魔をしないよう、大人しくしていた。

気配で、男が食べながら茂兵衛をじっと睨んでいるのが分かる。

植田村の実家には、裏の里山からよく狸が下りてきた。妹が屑米などを与えると狸は妹を睨みつけながらガツガツと与えられた米を食べたものだ。餌をくれた相手にも心は許さない。警戒は怠らない。野の狸と橋の下の物乞の心情は、あまり変わりがない。

「おかげで、命が延びましたよ」

食事を終えた物乞が闇の中から礼を言った。

「そいつはよかった」

「旦那、旅の方かね？」

「うん、六栗村まで行くんだ」

「ほう、六栗といえば御領主は夏目次郎左衛門様か……あの方は一揆側だぜ」

「へえ……一揆って、なんのことだら？」

「おいおい旦那、知らんのかい？」

と、笑うだけあって、物乞は存外に物知りだった。

岡崎の松平家康と西三河の一向宗三ヶ寺が対立、目下両者の関係は一触即発の状態であるという。三ヶ寺とは、野寺《のでら》の本證寺《ほんしょうじ》、針崎の勝鬘寺、佐々木《ささき》の上宮寺《じょうぐうじ》の三寺を指すそうな。

（勝鬘寺？　丑松の寺も岡崎様と対立しているのか……）

茂兵衛は、先ほど訪れた境内の騒々しい様子を思い起こした。あれは、戦の準備であったのかも知れない。

「君臣の縁は一代限り。弥陀との縁は未来永劫」

と、本来は鉄の結束を誇る家康家臣団の中からも門徒側に走る者が続出――父親が寺側につけば、倅は家康側につくといった由々しき事態が各地で起こっているそうな。

問題をより複雑化させているのは、松平宗家による三河支配を快く思わない旧国守の吉良《きら》家や松平の分家筋、はたまた今川勢力などが三ヶ寺側と気脈を通じていることだ。桶狭間《おけはざま》以来、三河統一に邁進する松平家康にとって、一向宗との対決は、避けては通れぬ大障壁となっていた。

「なるほど……夏目の殿様は、その一揆側ってわけだね？」

「あのお方は信心深いからねェ。損得抜きで『阿弥陀様に弓は引けねェ』とか思っていなさるんでしょうねェ」

「そりゃ、仏様絡みなら、誰も損得は抜きだろうさ」

「ふん、そんなことはねェら」

物乞は闇の中で笑った。

「七割八割は損得絡みですぜェ」

家康の父広忠《ひろただ》は、三ヶ寺に特権を与えていた。所謂《いわゆる》「守護不入権」だ。具体的には課税権や裁判権を寺に与え、国守側は「介入しない」との確約を与えた。三河における広忠の政権基盤は弱く、一向宗の有力寺院と妥協することで、なんとか領土の安定を図っていたのである。

しかし、次代の家康は今少し積極的であった。

三ヶ寺と安易に妥協することを拒み、父親が与えた特権を剝奪しようとしたのである。当然、既得権を守ろうとする宗門側との間に大きな軋轢《あつれき》が生じた。

正味な話「利権争いの部分もある」と物乞が笑う所以《ゆえん》である。

「で、勝つのはどちらだ？」

「さあ、そこよ……岡崎様は若いのに戦上手と聞く。ただ、孤立無援だ。お味方と呼べるのは尾張《おわり》の織田《おだ》様ぐらいだろうが、あちらも方々で戦っておられるでなァ。とても三河に援軍を寄こすゆとりはあるまい。一方の門徒側は、本願寺《ほんがんじ》をはじめ、駿河《するが》の今川、甲斐《かい》の武田《たけだ》、美濃《みの》の斎藤《さいとう》あたりからも支援を受けられる。公平に見て、一揆側に分がある」

（じゃ、夏目様は勝つ方についていなさるってこった。そりゃメデタイ。どうせなら運の強い殿様に仕えたいものなァ）

と、茂兵衛は内心でほくそ笑んだが、それと同時に、今朝の村はずれでの喧嘩の経緯を思い起こしていた。

（ただ、喧嘩は数じゃねェからなァ……数を頼んで緩んだら最後、気が張ってる寡兵方に手もなくやられちまうんだ。喧嘩とは、そういうもんだら）

喧嘩と戦にどれほどの違いがあるのか、ないのか――茂兵衛には見当もつかなかったが、どちらも「人と人との諍《いさか》い」「人の集団同士の振舞い」であることに大きな変わりはないだろう。

（一揆側に分があるからって油断できねェぞ……ま、負け戦となったら、そんときァ逃げちまえばええか）

――そんなことを、闇の中でぼんやりと考えていた。


翌朝、目を覚ますと、すでに日は高く上っており、物乞は姿を消していた。昨日は、あまりにも多くのことがあり過ぎた。茂兵衛は疲れ果て、いつもより深く長く寝入っていたようだ。

銭と干飯は盗られたくなかったので、懐に抱えて寝て無事だったが、手拭いと菅笠を持って行かれた。

「あの野郎、三日振りの飯を恵んでやった大恩人に、なんてことをしやがる」

愚痴をこぼしながら身支度を済ませ、その後、六栗村を目指して歩き始めた。

第二章　夏目次郎左衛門

一

街道を南へ四半里（約一キロ）ほど歩くと、前方に大きな湖が見え、同時に勝鬘寺のそれに倍する巨大な寺内町が姿を現した。東西十町（約一キロ強）南北八町（約八百七十メートル）、戸数千二百余の繁華な都市の中心部には、勝鬘寺と同様に、本丸よろしく本宗寺が屹立《きつりつ》していた。寺自体の規模も大きく、東西二町（約二百十八メートル）、南北一町（約百八メートル）もあり、やはり環濠と土塁と柵で厳重に護られていた。

（ほう、昨夜の物乞が言ったとおりだら）

こんな城郭のような寺が幾つも集まり反旗を翻したのでは、松平家康に勝ち目はなさそうだと確信した。

さらに茂兵衛が着目したのは、士気の高さであった。

勝鬘寺もそうであったが、とにかく寺内町の人々は活き活きとしている。笑顔と嬌声《きょうせい》が町に溢れているのだ。

もう百年近くも戦乱の世が続いている。自棄《やけ》や狂気以外の笑いに接する機会は稀な時代なのだ。それが、この場所にだけは笑顔が溢れていた。

茂兵衛が想像するに——今生では寺内町で自由に商いをし、死んだら死んだで極楽浄土が待っている。嫌だと言っても阿弥陀仏というお方は追いかけてきて、無理矢理にでも救ってしまうらしい。それが本当かどうかは知らないが、少なくとも、この場所で笑っている人々は、堅くそう信じているはずだ。まさに「いいことずくめ」で「なんの心配もなく」自然と笑みが湧いてくるのだろう。

こんな人々が槍を持ち兵士となって戦列に並んだら、どんな戦国大名でも一揆鎮圧には苦労するに違いない。なにせ死ねば極楽往生と決まっているのだから。死を恐れぬ軍隊ほど恐ろしいものはない。岡崎の若い殿様は、とんでもない相手と戦おうとしているわけだ。

(この分だと夏目の殿様は大勝利間違いなし。俺にも運が向いてきたら)

茂兵衛はまだ仕えてもいない、会ったことすらない武将の勝利を確信して、密かにほくそ笑んだ。

土呂《とろ》の本宗寺の先、六栗にかけて、当時〝菱池〟と呼ばれた広大な湖が横たわっていた。

菱ならぬ葦《あし》が広範囲に生い茂っており、水深は浅い。それでも広さは南北に四分の三里（約三キロ）、東西半里（約二キロ）ほどもあって広々としており、特に緑なす山々に囲まれた南部は、景観に優れていた。

本宗寺を出て六栗に向かう茂兵衛は、菱池の西岸に沿って南下したが、街道は途中から湖岸を離れた。広田川《こうだがわ》沿いの中島《なかじま》という集落から街道は山道に入り、半里（約二キロ）ほども狭い踏みわけ道を歩くと、再び眼下に菱池が見えてきた。山一つを大きく巻いた感じだ。湖岸の開けた場所まで出て、そこが野場《のば》という集落であることを確認した。

六栗は、さらにもう半里（約二キロ）南であるらしいが、ここからは整備された街道が続いている。

野場を出てしばらく歩いたころ、南から来る一団とすれ違った。十名ほどの荷駄隊で、沢山の丸太を駄馬に引かせている。両の籠手《こて》を着け、鉢巻を巻いただけの侍が三、四名、槍を手に荷駄を護衛していた。六栗はまだ少し先のはずだが、夏目家の侍だろうか。

六栗城は菱池の南西部、湖畔から街道を挟んだわずかに小高い場所に建っていた。城と呼べるほど大仰なものではなく、環濠と柵を張り巡らしただけで、多少防御力を強化させた武家屋敷――そんな印象であった。勝鬘寺や本宗寺の大城郭を見てきた後だけに、酷くみすぼらしく見えた。

庭先に通され、廊下の下で控えていると、板を踏む重い足音がして、夏目の殿様が一人で姿を現した。

夏目次郎左衛門吉信――四十《しじゅう》半ばの温厚そうな武士である。上背はあるが痩身で、肩といい肘といい、どうにもゴツゴツと骨ばった印象だ。日焼けした顔にギョロ目が光り、鼻の下には口髭をたくわえている。くたびれた藤色の素襖《すおう》の腰に脇差のみを佩《お》びた姿は、いかにも質実剛健な坂東武者といった風情だ。

見てくれこそ鄙《ひな》びているが、意外に筋目は正しい。鎌倉期、先祖は信濃《しなの》国更級《のくにさらしな》郡夏目郷に地頭職として赴任した。以来一族は夏目姓を名乗っている。

「五郎右衛門殿からの文、読ませてもらったぞ。茂兵衛とやら……お前、ワシの家来になりたいのか？」

「へいッ」

と、威儀を正して地面に平伏した。勢いがあまり、わずかに額をぶつけた。

「知っての通り、昨今の三河国は疲弊しておる。侍は皆貧しく、馬も甲冑も満足に揃えられぬ者も多い」

三河は、一応の国守である松平氏の勢力が弱く、ことあるごとに西の尾張織田家、東の駿河今川家からの干渉を受けていた。特に惣領息子の家康が今川の人質となり、岡崎城に今川の代官が赴任するようになってからは、事実上の植民地と化しており三河武士の暮らしと矜持《きょうじ》は今や地に堕ちている。

「そこはワシも同じよ……家来にも物心両面で苦労をかけておる。それでもお前は、ワシに仕えたいと申すか？　武家奉公をしたいと申すか？」

再度平伏こそしたが、今度は返事をしなかった。

頭の中では、御油の街道で会った二人の騎馬武者のみすぼらしい姿を思い返していた。ただ貧しいというだけではなく、百姓の小僧を殴って平気で物を盗むような、心の中まで荒《すさ》んだ侍たちだ。「窮すれば鈍す」と言うではないか。恩人から菅笠と手拭いを盗《と》って逃げた物乞と本質的にはなにも変わらない。

（そこまで三河武士が落ちぶれているとすれば、そのまた家来は、どれほど辛い思いをすることになるか……ここは思案のしどころかも知れねェな？）

押し黙り、しばらく悩んでみた。

まず、村には戻れない。商売をやるにも元手がないし、他者と折り合いをつけるのが苦手な茂兵衛には、商人としての適性はない気がする。他国に流れて羽振りのいい武将に仕える手もあるが、伝手《つて》はないし、三河訛《なま》りの自分が突然出向いても相手にされないだろう。

（どうするかなァ？）

ここで茂兵衛の口から、自分でも驚くような、突飛な一言が飛び出した。

「殿様に一つ、うかがいとうございます」

と、顔を上げ、次郎左衛門を見た。

次郎左衛門は、少し驚いた風であったが「無礼者」と腹を立てるようなことはなく、「なんじゃ？」と温和な笑顔を返してきた。

「手前は百姓の暮らししか存じません。百姓と武家奉公、なにが一番の違いでございましょうか？」

「おい、茂兵衛？」

「へい」

「その問いかけは、著《いちじる》しく公平を逸しておらんか？　お前が武家を知らぬなら、ワシは百姓の暮らしを知らんぞ。なぜワシに違いを質す？」

「……」

やり込められたが、次郎左衛門の顔は微笑《ほほえ》んでいた。気分を害したようには見えない。

「と、理屈を申せば身も蓋もないが……そうさのう……」

と、腕組みをし、しばらく思案した後、次郎左衛門はおもむろに口を開いた。

「苦労が多く、辛いという意味では両者にさほどの違いはなかろうよ。ただな、百姓は真面目に働いておりさえすれば、それなりに暮らしていけよう。一方侍は日々気働きをせねばならんし、戦となれば怪我をしたり、命を落とすこともままある……ほれ、見よ」

と、次郎左衛門は右手を開き、茂兵衛に示して見せた。小指と薬指が根本から欠損している。

「箸が持ちにくくてかなわん……これでも、ま、命が助かったのだから、帰陣して後は念仏を唱え、弥陀に深く感謝したものじゃ。ありがたい、ありがたいとな。ナンマンダブ、ナンマンダブ」

と、次郎左衛門は瞑目合掌し、真剣に念仏を唱え始めた。

（なるほど……物乞の言った通りだ。この殿様、よほど熱心な門徒衆なのだな）

やがて称名を終えると、次郎左衛門はギョロ目を剝き、茂兵衛の方に身を乗り出し、声をひそめた。

「だがのう……侍にはよいところもあるぞ」

「へい」

「人生を他人まかせとせず、己《おのれ》自身で決められるところじゃ」

「…………」

戦場で死を恐れずに戦い、立派な兜首を挙げるのも自分なら、強そうな相手を回避し、弱い敵のみを倒し、少しずつ手柄を重ねていくのも自分の選択である。より多くのことを自分で決められるのが「侍のいいところ」と次郎左衛門は言うのだ。

「その点、百姓はどうじゃ？　天候に恵まれ、頑張って働いて、五石の田圃から六石の収穫があったとしても喜べん。領主が戦をする気になれば、二石だった年貢を三石に増やすだろうからな。手許に残る米は同じだ。天候に恵まれなければ飢え死にするだけよ。領主は援《たす》けてくれぬ。天候、領主、隣国の領主……他人に左右される人生、それが百姓と申すものじゃ」

——どんなに無道をされても、下を向いて、じっと辛抱さえしとけば、嵐は頭の上を通り過ぎていくもんだ。百姓は誰もがそうして生きてきたんだ。

そんな母の言葉が思い出された。

（たった一度の人生だら。辛抱辛抱でもあるまいよ……よし、決めたァ！）

「是非、御家来にして頂きたく存じます」

と、大声を張り上げ、地面に額をこすりつけた。

夏目家の知行は三百貫ほど。六栗と呼ばれる集落を領有していた。江戸期の感覚だと、禄高八百石といったところか。

身分は所謂《いわゆる》〝国人《こくじん》〟階級であり、仕える国守に軍役の義務を負った。その代わり年貢を負担することはない。つまり、領地の多寡はあっても、国人は明白に領主＝支配階級と呼べるのだ。

その点〝地侍〟となると農民との境目があやふやになる。国守や国人に年貢を納める地侍は農民に近かったが、国守や国人の被官となり、軍役のみを負担する地侍なら小なりとも一応の領主と呼べた。この後、戦国の世が終わると、前者は庄屋階級に、後者は大名家の家臣団へと姿を変えていく。

夏目家の家子郎党《いえのころうとう》、奉公人の数は三十人ほど。そのうち、侍と呼べる者が十五人。残りは門番や外出時の供、雑用などをこなす小者であった。今回、茂兵衛もその中の一人に加えられた次第である。

茂兵衛の給金は年に二貫——銭二千文。現代の感覚で言えば二十万円ほどか。小遣い程度の金額で、これだけではとても暮らせない。

「寝床と食い物は支給するから、後は自分でやりくりせよ」——そんな雇用形態であったことがうかがえる。

ただ、普段は小者扱いでも「いざ合戦」となれば、主人から粗末な具足と打刀を借り受け、槍を持ち〝雑兵〟〝足軽〟として出陣することになる。わずか年二貫で、危険な戦場に出ねばならないとは間尺に合わないようにも思えるが、実際は違っていて、雑兵たちは戦を楽しみにしていた——「戦を楽しみ」に語弊があるなら「戦がないとやっていけなかった」と言い直すべきか。

「戦で手柄をあげて、立身出世をする」

もちろん、これもなくはない。

槍を持って戦場に行けば、棚ぼたで兜首が転がり込むこともあっただろう。なにせ乱世、実際に騎乗の身分に成り上がった雑兵もいるわけだ。ただ、それはよほど稀有な例であり、大変な危険も伴う。最前の赤具足のような猛者《もさ》がごろごろいるわけだから、命が幾つあっても足りない。

それよりも、雑兵たちの狙いは、略奪であった。

まずは、戦場に残された敵味方の遺体から、刀や兜、具足などを剝ぎ取ったり、懐の小銭をくすねたりした。これが戦場での略奪の初歩である。相手は死んでいるから危険はない。

さらに敵方の集落に火を放ち焼き払うのは、雑兵たちの役目である。その折には当然のように略奪が横行した。甚だしきは女を犯したり、人を拉致して他国で売りさばくことも珍しくなかった。ま、ドサクサに紛れて、味方側の集落でも似たようなことが行われていたのかも知れない。

すべてが浅ましい行為ではあるが、指揮を執る武将たちも、見て見ぬ振りをするしかなかった。これらの〝役得〟がなければ、年二貫の雑兵たちが、ついてこない、働かないことをよく知っていたからだ。

二

次郎左衛門の前を辞し、主人の言葉に従って榊原左右吉《さかきばらそうきち》なる男を捜し歩いた。さして広くもない六栗城内、榊原はすぐに見つかった。

「手前、茂兵衛と申します」

できるだけ深く首を垂れた。

「榊原様の下知を受けるようにと、夏目の殿様から言いつかって参りました」

榊原小頭《こがしら》は、三十《さんじゅう》半ばと見える小柄な男であった。その分、肩幅は他人《ひと》の倍はあって筋骨隆々、小袖の上からでも、むちむちと筋肉が盛り上がっているのがわかった。一応、腰に脇差を佩びてはいるが、形《なり》は百姓のそれだ。足は裸足《はだし》、袴も着けていない。裾《すそ》を大きく端折《はしょ》っているから、汚い尻と褌《ふんどし》が丸見えである。ただ、茂兵衛が植田村で見慣れた百姓の印象とは、やはりどこか違っていた。

──毛だ。

まず、頭髪は月代《さかやき》を大きく剃っている。月代──抜くにせよ、剃るにせよ手間がかかるが、兜の座りがよくなる上に、頭が蒸れない。茂兵衛たち百姓は兜をかぶる用がないから、ほとんど手間要らずの総髪にしている。

次には髭だ。榊原は口髭と頰髯を生やしており、両者の突端がほとんど繫がっていた。黒い頰被りを鼻の下で結わえたようにも見える。滑稽だ。そんな百姓には会ったことがない。

（まるで……髭達磨《ひげだるま》だら）

と、正直な印象を心中で呟いていると、黒い口髭の下で赤い口が開いた。

「おまん、新参の小者か？」

「へいッ」

「どこの産《さん》だら？」

同じ侍でも、次郎左衛門とは言葉遣いが随分と違う。

「渥美は田原城の東、植田村の百姓で……」

「戸田様の御領内か……ふん、駿河方だら」

露骨に嫌な顔をされた。

「なぜ、六栗くんだりまでやってきて仕える？　戸田家に仕官すりゃええじゃねエか？」

「……………」

眼光が鋭い。御油の街道で会った赤具足の目を思い出した。

「母が後妻に入る相手が、こちらの殿様と面識があったもので」

「ほう、体よく厄介払いされたな？」

と、強《こわ》そうな口髭の両端をわずかに吊り上げてみせた。が、目はまだ笑っていない。茂兵衛を睨みつけたままだ。かなり怖い。

「へい、そんなところでございます」

と、曖昧な笑顔を返しておいた。本当はそれ以上のとんでもない理由があるわけだが、まさか「人を殺して村にいられなくなった」とも言えない。

「おまんの家は、念仏かえ？」

我らと同じ本願寺門徒か？　という意味に理解した。

「へい」

本当を言えば、茂兵衛の家は禅宗だ。父親が死んだときには、曹洞宗のぼろ寺からきた坊主が枕経《まくらぎよう》をあげてくれた。しかし、父の代からあまり信心深い家ではなかったし、夏目家は念仏専心の家らしいから、ここは調子を合わせておくことにしたのだ。要は嘘八百だが、南無阿弥陀仏ぐらいは唱えられるし、もし嘘がばれたら即座に改宗するつもりであった。

「ふ〜ん」

榊原の不躾《ぶしつけ》な視線が、茂兵衛の頭から爪先までを、ゆっくりと二度往復した後、袖から覗いた前腕のところで止まった。

「腕《かいな》が太いな。剣術でも習っておったか？」

（ああ、なんだ、そういうことか……）

ここで遅まきながら、自分が「敵側の間諜ではないか」と疑われていることにようやく気づいた。一揆だか、戦だかが始まろうとしているその矢先に「家来にしてくれ」と押しかけて来た体格のいい若者だ。警戒されるのは無理もない。どこの家でも疑心暗鬼になっているのだろう。ここはきちんと返答し、疑いを解いておかねばなるまい。下手をすると雇ってもらえないどころか、殺される。

「や、習いごとなど致しておりません。腕が太いのは百姓仕事の……え⁉」

瞬間、左の顳《こめ》へ《かみ》と榊原の拳が飛んできた。反射的に首をすくめたが間に合わず、ガツンと蟀谷のあたりを殴られた。

「うッ」

目の前に火花が散ったが、今回はよろめいただけだ。倒れることも気絶することもなかった。御油のときとは違う。

「なるほど……敵方の間者ではなさそうだな」

と、榊原が薄笑いを浮かべた。間諜をするほどの手練《てだ》れなら「拳ぐらい難なく避けられるはず」ということか。

榊原はしばらく茂兵衛を睨んでいたが、やがて——

「ま、ええじゃろう……おまん、今からすぐに働けるか?」

「へいッ」

ホッとした。疑り深い侍から、こうしてネチネチと尋問されているより、水汲みでも薪割《まきわ》りでも、体を動かし汗をかいた方が幾倍も楽でいい。

(それにしても……まったく侍って奴らは、どいつもこいつも挨拶代わりに殴ってきやがる。一体全体どんな外道どもだら⁉)

これが植田村での喧嘩なら、まず口上や相手への罵倒など、多少の前置きというか、儀式めいた手順を踏んだものだ。それがここでは、段取りをすべて割愛し、まず最初に拳が飛んでくる。

(ま、侍相手の場合、四の五のハッタリかましてる暇はねェということか……なんか、喧嘩の醍醐味が感じられねェなァ)

と、茂兵衛は辟易《へきえき》した。

本当に数日の間は、水汲みと薪割りばかりをやらされた。他にも仕事は幾らでもありそうに見えたが、なぜかそれしかやらせてもらえない。

一方で朝晩の称名には必ず参加させられた。瞑目合掌して「南無阿弥陀仏」と唱えていればいいだけだからさほどに苦痛ではなかった。

茂兵衛は気づかない振りをしていたが、いつも榊原かその配下の小者の目が光っており、「監視されている」とまでは言わないが「観察されている」ことは確実だった。

（夏目家は一揆側らしい。そこに入り込む間者がいるとすれば、岡崎様の配下ということになる。ふん、間諜と百姓の区別もつかんのか？　国守様に仕えるほどの凄腕の間者なら、もっと垢抜けた格好をしてそうなもんだら）

と、内心で憤慨したが、ここだけは茂兵衛の方が間違っている。間者は目立たぬこと、匿名性こそが要諦だ。綺麗な格好をし、才気走って見える者は、その時点でもう間諜失格なのだ。

夏目家が、一族郎党をあげて戦準備を進めていることは明らかだった。

毎朝早くから、丸太や米俵を運ぶ荷駄隊が北へ向けて出発、ふた刻《とき》（約四時間）ほどで荷を下ろした駄馬を引いて戻ってきた。菱池の畔ですれ違った一団は、やはり夏目家のものだったらしい。どこぞに戦用の兵糧を集積しているのだろう。

（それもええが、もう少し本拠地であるこの六栗城の守りを固めるのが先決ではないのかのォ）

茂兵衛が見る限り、六栗城の濠が深く掘られたとか、土塁を盛った形跡は一切ない。

（端から籠城する気がないのか？　別の場所に本拠地を移そうとしているのかも知れんな）

確かに、夏目家の城館は、街道から少し奥まった場所に建つ平城である。背後に小高い山こそ背負っているが、要害の地とは言い難い。素人《しろうと》である茂兵衛の目から見ても、この地で岡崎勢を迎え撃つのは得策とは思えなかった。

四日目にして、ようやく茂兵衛に、薪割り水汲み以外の仕事が与えられた。荷駄を引いて半里（約二キロ）北方にある拠点まで、大量の物資を運ぶ役向きだ。

実は昨夜、榊原に呼び出されたのだ。

「おまん、人を殺して、在所におれなくなったのか？」

「あの……へ、へい」

ばれているなら、しらを切っても仕方がない。

「夏目家は小さな所帯だら。たとえ小者一人でも不審な者を身内にしておくわけにはいかんのよ。それで人を渥美にやって調べさせたがや。悪く思うな」

植田村と六栗は八里（約三十二キロ）と離れていない。健脚者なら日帰りも十分に可能だったろう。

「あの……それで？」

「なんら？」

「俺は、雇って頂けるので？」

「喧嘩で相手を殴り殺す……頼もしい限り。励めばおまんの将来も拓けようさ」

「か、かたじけのうございます！」

安堵して深く頭を下げた。

それにしても——人を殺したことを問題にしないとは驚きである。夏目家での身分は小者でも、戦になれば足軽雑兵として戦うことになる。多少の乱暴者はむしろ大歓迎なのかも知れない。

まだ暗いうちから、屋敷の裏手に集積してある五寸（約十五センチ）径に長さ三間（約五・四メートル）あまりの杉の丸太を肩に担ぎ、駄馬につなぐ作業に没頭した。身辺調査も済み、これで晴れて夏目党の一員になれたかと思うと、自然にやる気が湧いてきた。

榊原が六人の小者を指揮して作業を進めていた。彼は小者たちから〝小頭〟と呼ばれており、茂兵衛も必要な時にはそう呼ぶことにした。

丸太を引いた荷駄隊は、早朝卯《う》の上刻（午前五時台）に六栗城を出発した。

旧暦十月の中旬である。すでに空は薄明るくなっているが、日の出は四半刻（約三十分）ほども後だ。黒々と静まった菱池の湖面には、濃く朝霧が立ち込めており、先の景色が見通せない分、底の知れない不気味さを醸しだしていた。

駄馬の数は六頭。一頭に小者一人がつき、轡《くつわ》をとった。小者たちを指揮する榊原に加えて、槍を抱えた警護の侍が一人ついている。

総勢八名の夏目家荷駄隊だが、武家奉公人らしい格好をしているのは護衛の侍だけだ。後の七名は小頭の榊原以下、くたびれた小袖の裾を大きく端折り、褌と尻が丸見えである。ただ、作業をするので裸足ではない。膝の下まで脚絆《きゃはん》を巻き、草鞋《わらじ》を履いていた。

湖畔をゆく街道は平坦で、上り下りが少なく、よく整備されており、馬たちは快調に進んだ。

茂兵衛は辰蔵《たつぞう》という小柄で痩せた若者と組まされた。

「ね、小頭……戦はいつから始まるんでしょうね？」

非力そうな辰蔵だったが、小才が利いており、なかなか抜け目のない若者だ。小頭の榊原にもよく取り入っており、榊原がいないときなどには、彼の威を借りて、茂兵衛たち同僚小者にアレコレと指図をした。

「知らん。いつ始まってもおかしくはねェら」

「俺らが籠城を始めたら、岡崎衆は空になった六栗を襲いませんかねェ」

やはり茂兵衛の睨んだ通りで、次郎左衛門は六栗城で敵を迎え撃つつもりはないらしい。辰蔵は「籠城」と言ったが、どこに籠《こも》る気だろうか。見渡せば、街道の西には小高い山が並び、緑が深い。この山のどこかに堅固な山城か隠し砦でもあるのだろう。

「まず六栗は、焼かれるだろうなァ」

榊原が感情を抑えた声で応じた。

「深溝《ふこうず》の又八郎《またはちろう》様は二百からの手勢を集めたと豪語しておられる。ま、大軍だ。野場へ押し寄せる前、六栗は『行がけの駄賃』にされるだろうさ」

又八郎様とは、六栗から南に四半里（約二キロ）下った深溝に盤踞《ばんきょ》する深溝松平家の若い当主伊忠《これただ》のことである。深溝松平は家康の松平宗家の分家筋で、今は宗家の家臣として西三河南方の押さえを担っていた。一揆側に与した夏目党にとっては、当面の対戦相手となる。

さらに今の会話から、籠城用の城の在り処《ありか》が野場であることが知れた。野場は菱池の西岸に位置する深い入り江で、茂兵衛も六栗に来るときに通った。

「敵は二百かァ……野場城はもつのかなァ」

辰蔵が馬を引きながら、不安げに呟いた。

又八郎が二百の手勢を集めたと聞き、次郎左衛門は六栗城を捨てることを即決したという。古来籠城戦の常道は〝三分の一〟と言われてきた。二百人が押し寄せた場合――城の堅固さにもよるが――籠城側は少なくとも六十から七十人で守る必要がある。

（おいおい……夏目家の男衆は三十人かそこいらだろ？　全体としては一揆側が

有利にしても、野場城だけは分が悪そうだなァ）

と、茂兵衛は不安を覚えたが、家子郎党が三十人といってもそれは平時編成であって、いざ戦となれば、領内の地侍も馳せ参じるだろうし、農民を徴募したりもするから、大概なんとかなるものなのだ。

ちなみに、十六世紀後半の相模国《さがみのくに》での軍役を見ると――知行二百八十貫の小領主に北条氏《ほうじょう》から課せられた軍役は三十七人。およそ知行八貫につき軍役一人の計算だ。内訳は主人を含めて騎馬武者が八騎、徒武者《かち》五人、槍足軽十七人、鉄砲二人、弓一人、旗指物持一人、旗持三人といったところ。槍に対して鉄砲と弓の数が顕著に少ない。鉄砲は金銭的な理由で、弓は熟練を要したので、国守も無理は言わなかった。

さて、夏目家の知行は五百貫だから、無理をすれば六十人ほどの動員力はある。又八郎が二百で襲ってきたとして――

「二百対六十……野戦《のいくさ》での勝ち目は薄いが、野場に籠っての籠城戦なら、いい勝負ができそうだと殿は読んだのだろうさ……殿はあのお顔で、なかなかの戦上手だからなァ、アハハ」

髭達磨の小頭が、さも可笑しそうにギョロ目の殿様を笑った。

三

野場城は、菱池の西端から、さらに奥まった狭い入り江の南側、北に向かって突き出すような位置に建っていた。

元々は、十五世紀に大須賀《おおすか》氏により築かれた砦で、今回夏目氏が手を加え、自軍の拠点として再構築した。

ただ、六栗城と同様で〝城〟と呼べるほど大層なものではない。

直径三十間（約五十四メートル）ほどの円形の砦で、北と東は湖面に接しており水面との高低差が二間（約三・六メートル）近くある。南と西は陸続きだが、深い環濠を穿《うが》ち、残土を高く積み上げて土塁を築き、その上に頑丈な柵を巡らせていた。千人、万人の大戦《おおいくさ》ではない。せいぜい百人か二百人が相争う田舎の局地戦であれば、野場城は十分に「堅城」「要害の地」と言えるだろう。

（殿様が、本拠地の六栗を捨て石にしてでも、ここに籠ろうとするわけだな）

城に向かって馬を引きながら、茂兵衛は自分の運命を左右するであろう次郎左衛門と彼の小さな砦に、かすかな希望を見出していた。

菱池の対岸、東側に連なる低い山々の陰から、ようやく晩秋の太陽が顔を出しかけたころ、荷駄隊は野場城に到着した。榊原一人が城内に入り、茂兵衛たちは大手門の前でしばらく待たされた。

大手門――高い土塁が続き、その切れ間に城門が設《しつら》えてある。左右からきた土塁の突端と突端に矢倉を橋のように渡し、その下に門扉をつけただけの簡易な矢倉門である。殺到する敵兵には、矢倉から矢弾を浴びせかけることができそうだ。

「荷駄を入れろ」

門扉の隙間から顔を覗かせた榊原が、荷駄隊に命じた。木の軋《きし》む音がして、門扉が左右にゆっくりと開かれた。

城が建っているのは、三方を緑濃い山々にかこまれた湖畔の狭い平地である。南方から街道を進軍してくるであろう二百人の深溝松平勢は「さぞや行動し難く、攻め難くかろう」とは、素人の茂兵衛にも想像がついた。狭い場所に、甲冑姿の二百人が押し合いへし合いする上に、城内からは矢だの礫《つぶて》だの銃弾だのが飛んでくるのだから、混乱しないはずはない。

「それに、ワシらがこれから逆茂木や乱杭を、ようけ埋めるから、寄せ手は往生こくことになろうよ」

と、榊原がさも楽しげに解説してくれた。茂兵衛の隣で、辰蔵が挙手をした。

「サカモギ、ラングイってなんですか?」

「それは、おまん……」

榊原は、逆茂木と乱杭につき、丁寧に説明し始めた。

「逆茂木は、別名鹿砦《ろくさい》ともゆうてな。鹿の角のように枝の混んだ木々を選び、城の周りに寝かせ、敷き詰めるだら」

枝々が絡まるので、人馬の侵入を防ぐことができる。刀で枝を払うことも、乗り越えることも可能で、絶対的な防壁とはならないが、それでも木を切って並べるだけの簡易で安価な割に有効な防柵として、古来より城砦防御の要諦とされてきた。

「乱杭は、もう少し手間がかかるな」

丸太や竹の両端を削って鋭く尖らせ、その一方を土に埋めこんで固定する。もう一方は敵が侵入してくる方向に向けておく。それを幾本も並べ、城を剣山のようにとり囲むのだ。乱杭同士を縄で結べば、人馬は「串刺しになる恐怖」に加え、足をとられて立往生する。そこに城内から矢弾を集中させれば、攻城側は退却するしかあるまい。

ちなみに、乱杭は波打ち際や浅瀬にも埋める。湖上から舟で攻められたときの用心である。

「鉄壁の守りですら」

辰蔵がお愛想を言った。

「おうよ。初陣《ういじん》以来二十五年も戦場を駆け回ってきたワシが請け合う。小さな城だが、野場はなかなか落ちねェら」

と、小頭が強い髭《こわ》を揺らして豪快に笑った。

（に、二十五年だと？）

榊原の年齢はどう見ても三十半ばだ。「初陣以来二十五年」との言葉が本当なら、初陣は十歳前後ということになる。

（ま、ないこともないか。なにせ、乱世だからな）

十歳の侍がいても、七十過ぎの足軽がいても別に驚かない。なんでもアリだ。人の側の事情などどうでもよく、戦況や状況に人間の方が都合を合わせる――それが「戦振り」というものなのだろう。

荷駄隊が運んできた木材はすべて製材済みであり、城内に建て増しする長屋や矢倉、土塁の上に並ぶ柵の建材として用いられた。一方、逆茂木や乱杭の材料は現地調達が原則で、逆茂木の場合、周囲の山々から伐り出した木々を枝ごとそのまま使用する。

六栗を発つときに配られた干飯と干魚で腹ごしらえを済ませた後、茂兵衛たちはやはり二人一組となり、逆茂木に使えそうな枝ぶりの木々を伐り出す作業にとりかかった。

「棘《とげ》のある木を逆茂木に使うと敵兵は嫌がるら。この辺の山にはズミ、山椒《さんしょう》、針桐《はりぎり》なんぞが自生しとる。どれにも鋭い棘がある。ただ、必ずしも棘はなくともかまわぬ。枝の混んだ堅い木ならばなんでもよいから、沢山伐り出して参れ」

と、榊原は、斧と鋸《のこぎり》を手に出発しようとする配下の小者たちに訓示した。

「あまりに巨木だと、伐るのにも、運ぶのにも往生するぞ。二人で運べる程度の丁度いい大きさの木を選ぶことが肝要だら。ええな」

「へいッ」

六人は小頭に一礼した後、周辺の森へと散って行った。

茂兵衛はまたも辰蔵と組まされた。チビのくせに兄貴面する辰蔵は気に食わなかったが、辰蔵の非力を茂兵衛の強力で補わせようとの榊原の思惑だろうから仕方がない。

「な、辰蔵さん？」

坂を上りながら辰蔵に質した。

「あ？」

「榊原様は小頭なんだろ？」

「ああ、俺らの小頭だら」

「小頭は、偉いのか？　侍か？」

「侍だ。だから榊原という苗字を大っぴらに名乗っとる。刀も差しとる」

「なるほど」

「おまんの家、苗字があるのか？」

「や、うちはねェ……多分、ねェら。どうせ世間に遠慮して名乗らねェから『百姓には無用の長物だ』って、死んだ親父がよう言うとった」

苗字は、朝廷から授かる姓《せい》とは違う。庶民でも勝手に付けていいが、公に名乗ることは憚《はばか》られた。

「おまんの家は？」

「俺の親父は商人だったら……なに、笊《ざる》に干魚入れて売り歩くセコい商いよ。勿論、苗字なんて大層なものはねェ。ま、苗字ぐらい、いずれ自分でつけるさ」

「へえ」

「苗字を堂々と名乗るのは武士の特権だからのう」

それ以降、しばらく黙って上った。野場城の南側にそびえる水晶山《すいしょうやま》へと続く緩斜面である。

「榊原様な、あれで戦になれば、甲冑を着て槍を持って、なかなか凛々しいそうだら」

「馬に乗るのか？」

「ま、多分そこまではねェな。小頭は侍だが身分は徒武者だら」

三十人いる夏目党の中で、侍と呼べる者は十五人である。その内、騎乗の身分は当主の次郎左衛門と二人の倅、家宰《かさい》の本多比古蔵《ほんだひこぞう》以下七人の郎党——総勢十騎であると辰蔵は教えてくれた。

五人いる徒武者のうちの二人は弓の名手で鉄砲も使える。残りの三人が榊原以下の小頭だ。小頭はそれぞれ五、六人の小者を率いる。戦になれば、次郎左衛門は小者たちに具足と槍を貸与し、雑兵足軽として榊原たちの小頭指揮下で部隊行動をとることになる。

「もしも戦で手柄を立てたとして、俺らはどこまで出世できるんだ？」

と、針槐《はりえんじゅ》の若木を伐りながら、茂兵衛は辰蔵に質した。

「さあな。でも、そんなことァ考えねェ方がいいら。大体がだな……」

彼らの主《あるじ》である次郎左衛門自身が岡崎様こと松平家康の家来なのである。その また家来である辰蔵や茂兵衛は陪臣《またもの》であって、戦でどんなに手柄を立てても――たとえ敵将の首をあげても――その功績は主人次郎左衛門に帰するのであり、陪臣個人の手柄とはならない。つまり未来永劫、次郎左衛門より上に行くことはないのだ。せいぜい夏目家の郎党として、本多比古蔵のように、騎乗の身分にしてもらうのが関の山らしい。

「戦で兜首なんか狙っとると、茂兵衛、おまん、早死にするがや」

辰蔵は、茂兵衛の目を覗き込み冷笑した。

辰蔵と二人、日没まで頑張って、十数本の逆茂木を環濠の周囲に分厚く積み上げた。湖に突き出している野場城の場合、逆茂木設置は、西側と南側だけで済む。延べの距離は四十間（約七十二メートル）強か。夏目家に十五人いる小者の内の十人が現在野場城に入っている。その十人をさらに二人ずつの五組に分けて投入、一日にして逆茂木の設置を終えた。

（ほう、これなら簡単には突破できんな）

茂兵衛は、自分が籠る城の防御力に自信を深めていた。なにせ、土塁の高さが二間（約三・六メートル）、濠の深さが二間あるのだ。土塁を攻略するには環濠の底から四間（約七・二メートル）も垂直に近い坂を這い上らねばならない。さらに実戦となれば、土塁の上から、鉄砲の弾や石礫などが雨霰《あめあられ》と飛んでくるのだから。

四

夜になっても、一人茂兵衛のみは休むことが許されなかった。

「所詮おまんはど素人じゃ。四、五日前まで、鍬で畑を耕しとったんだら？　違うか？」

篝火の炎に照らされると、榊原の平板な顔にも、わずかな陰影が浮かんで見えた。頰髯と口髭の奥で、小さな吊り目が冷たく笑っていた。

「今のままでは戦場でなんの役にも立たんがや。ワシが鍛えてやるから、槍を二本もってこい！」

と、茂兵衛の頭を小突いたのだ。小突かれた理由《わけ》が分からない。さすがにムッとして睨み返すと、今度は両頰を左右から摘まみ上げられた。

「イテテテテ」

「たァけ、百姓あがりが、一丁前な目で武士を睨むな……そういう目つきは、戦場に出て、人の五人も殺してからにせェ！」

茂兵衛は初対面のときから、この壮漢が苦手であった。

茂兵衛のどこが気に食わないのか、難癖ばかりつけてくる。なにも失敗していないのに、小突かれ、頰をつねられ、罵倒されるのが常だった。辰蔵や同僚の小者たちからは「小頭、小頭」と慕われているようだが、茂兵衛とはとことん相性が悪い。

「へい、持って参じやした」

と、二本の手槍を持って小頭の前に直立した。

榊原は「貸せ」と、その内の一本を引ったくると茂兵衛の背後に回った。

「構えてみい」

「へい」

と、構えてみせた。槍は自己流だが、猪を刺したことはある。人の脛を斬って深手を負わせたのは、ほんの四、五日前のことだ。それなりに修羅場は潜っているとの自負はあった。

「たァけ、穂鞘は取らんのか⁉」

と、尻を強か蹴り上げられ、茂兵衛の両足は少し宙に浮いた。

（髭達磨……何度も何度も……いつか、勝負してやるら！）

心中で毒づきながらも穂鞘を外した。

冷たく鉄色に光る七寸（約二十一センチ）ほどの穂先が姿を現した。親父の形見の槍に比べて随分と短い。さらに形見の槍は両刃の短刀状であったが、この槍の穂先は錐状である。おそらく「突く」ことに特化した直槍《すやり》だ。斬っても、敵に深手は負わせられまい。

「やってみりん」

「へい……あのォ、なにを？　つ、突くんですか？」

と、振り向いて訊くと、見る間に榊原の髭面が強張《こわば》った。慌てて「へい、突きます！」と叫んで穂先を突き出してみせた。

「なんじゃそりゃ……素人が！」

背後から、吐き捨てるような声が飛んできた。

理不尽な物言いに腹が立ったが、目を合わせると頬をつねられるか、尻を蹴り上げられそうだ。槍を構えたまま前方の闇を、神妙な面持ちで見つめていた。

「思うた通り、使い物にならんわ」

榊原は、誰に言うでもなく呟きながら、槍を手に前に歩いてゆき、振り返って茂兵衛に対峙した。

槍を立て、足を肩幅に開き、こちらを睨んでくる。悔しいが、堂々たる立ち姿で、小柄な榊原が急に大きく見えた。

「やいド百姓、ワシを突いてみりん」

「え、あの……」

「ちゃっちゃとやれェ！」

「へい……では遠慮なく」

（突けと言うたのはおまんだら……本当に刺さっても、俺ァ知らんぞ）

小突かれたし、つねられたし、蹴られた——いい加減に腹が立っていたので、殺す気で「ほれッ」と突いた。が、槍先はわずかに榊原に届かなかった。間合いを見切られていたのだ。

「その場を動くな！」

ひと声吼えて、槍を構えた榊原が「えいッ」と裂帛《れっぱく》の気合を発した。闇の中を雷《いかずち》が走り、茂兵衛の顔を目指して白い穂先が飛んできた。

「うッ」

と、首をすくめ、目を瞑《つむ》った刹那、鬢《びん》の辺りに衝撃が走った。槍の切っ先が右蜂谷をかすめ、束ねた髪をザックリ持って行ったのだ。

背筋をつたって冷や汗が流れた。手をやって確かめたが、血は出ていない。一寸（約三センチ）ばかり毛が削り取られ、頭皮が直接指に触れる。

「おまんの槍はワシに届かんが、ワシの槍はおまんに届く。なにが違う？」

二本の槍は茂兵衛自身が持ってきた。並べて立てかけてあった槍足軽用の持槍で皆同じ長さだ。手足の長さなら茂兵衛にかなり分があるはずで——なぜ榊原の槍先だけが届くのか理解不能だった。

「槍は『突く』ものではない。『しごく』ものだら」

「しごく？」

「ほうだ」

と、こちらへすたすたと歩いてきた。茂兵衛、思わず半歩後ずさった。

「ええか、よう見とれ」

榊原は、茂兵衛の横に並んで槍を構えてみせた。右手を後方、左手が前方だ。

「ほれ、こうよ」

後方の右手一本で槍を出し入れしてみせた。左手は緩く握って槍の柄を滑らせている感じだ。

「分かるか？　これが『しごく』だら」

確かに「突く」のとは切っ先の到達点が大分違う。「突いた」場合、右手は精々、体側の辺りで止まる。対して「しごく」と、右手は左手にぶつかるまで前に出せるから、穂先の到達点は一尺半（約四十五センチ）ほども先になるのだ。つまり、より遠くの敵を刺すためには「突く」ではなく「しごく」方が有利ということらしい。

「ただし『しごく』では力が入らん。鎧武者を相手にする場合は『突く』に限るがや」

「え？」

「分からんか？」

「……へ、へい」

小具足《こぐそく》までを完全に装着されると、当世具足の防御力は極めて高く、攻撃側は難渋させられた。刀で斬りつけてもはね返されたし、矢も、よほどの近距離から射かけない限り致命傷は与えられなかった。

鉄砲以外で完全装備の鎧武者を倒すなら、槍が第一の選択肢となる。槍で強く突けば、ときに貫通させることも可能だったようだ。その場合、やはり「右手一本でしごく」では力不足となる。「両手で握って強く突く」ことが必要で——つまり、榊原が言わんとするのは、そういうことだ。

「さらには、もう一つ奥の手もある」

「と、申されますと？」

ふいに横から、辰蔵の声がした。

見回せば、いつの間にか、同僚小者たちが、篝火の周囲に集まってきており、榊原の槍講義に聞き耳を立てている。

「二間（約三・六メートル）を超す、長大な長柄槍の場合は『突く』でも『しごく』でもないら。『刺さずに叩け』ということになる」

「た、叩け？」

戦国期、一部の槍は異形の進化を遂げた。

長さ二間を超し、はなはだしきは三間半（約六・三メートル）に及ぶ長柄槍の登場である。

当時、この長大な槍を足軽に持たせた先鋒隊こそが、各大名家の主力部隊となり、その出来如何で戦の勝敗は決した。

しかし、ここまで長くなると、目方も増えるし、細かい動きができず、武器としては扱い辛くなってくる。この長柄槍の欠点を補うべく考案された戦法こそが所謂〝槍衾《やりぶすま》〟であった。

足軽たちに密集隊形を組ませ、足軽大将の号令の下、一糸乱れずに槍の穂先を揃えて前進させるのだ。これなら、部隊の先頭に巨大な剣山を押し立てて前進するようなもので、敵側はどうにも対処に困ったのである。

さらに、この戦法の利点は、足軽たちに「熟練が必要ない」ということだ。

槍を構え、号令に従って前進後退するだけだから、昨日今日新たに徴募してきた農民でも、長柄槍を持たせ、幾つかの号令を覚えさせれば、すぐにも戦場で役に立った。

当然、相手も同じようなことは考える。野戦においては、両軍の先鋒がともに長柄槍の足軽隊となることが多くなった。源平以来の戦は正々堂々、武将同士の名乗り合い、一騎打ちから始まったものだが、今や即物的な足軽隊の槍衾と槍衾の衝突から始まるのだ。

で、その場合、激突する槍隊同士は、穂先が相手に届く距離に到達すると、槍を振り上げて、相手を叩くことに専念した。

突くのでもしごくのでもない。叩くのである。

相手も当然甲冑を着用しているわけで、どこを突いても倒せるということにはならない。三間も四間も先のわずかな甲冑の隙間を狙って突くことなど到底無理だから「ならば叩け」ということになるのだ。

長く重い槍を振り上げ、振り下ろし、思い切り叩けば、甲冑や具足の上から打っても相当の痛手を与えることができた。

「敵が背中に背負っている旗指物を狙って振り下ろせ。ちょうど兜や陣笠の天頂部に当たるわい」

旗指物が狙い目になる——これは覚えておかねばなるまい。

「兜があるから頭は割れんが、それでも頭を支えとる首や背骨がいかれて、しばらくは動けんようになるら」

ちなみに、雑兵たちが被っている陣笠も多くは鉄製であり、防御力も兜に準じる程度にはあった。

槍講義はまだまだ続いた。

その場にいる誰もが、明日には槍を持ち、戦場に立っているかも知れないのだ。古強者《ふるつわもの》の経験談は一つでも多く覚えておきたい。

「俺は騎馬武者が怖いですら。数騎がまとまって突っ込んでこられたら、陣形もなにも、総崩れになりゃしませんか？」

と、古株の小者が榊原に不安をぶつけた。

「騎馬武者を止めるにも、槍は使えるぞ」

榊原は、小者たちを己が周囲に集めた。

「ええか、馬を止めるときはなァ……まず槍の石突を地面に突き刺し動かんように固定することだら。そのまま穂先を騎馬武者がくる方向へと向けて、槍を地面に寝かせろ」

榊原は片膝を地面についた格好で、実際に槍を手にしてやってみせた。

「馬が近付いたら槍の先だけを持ち上げる。あまり高く上げるな。馬の胸の高さぐらいが丁度ええ……後は馬の方から突っ込んでくる。石突さえちゃんと地面に固定させときゃ、勝手に槍がしなって馬を弾き飛ばしてくれるら」

当然、騎馬武者は落馬するだろう。

「ただ、馬から落ちたからと兜首を焦って飛びかかったらだめだ。奴らはガキのころから槍だの刀だのと修練を積んどる」

また、上等で堅牢な甲冑を着用していようし、戦慣れもしているから、なかなか手強いと榊原は注意を喚起した。

「できれば、数人で取り囲んで倒せ。おまんらは所詮雑兵だ。歴《れっき》とした侍の首をあげれば、何人で殺《や》っても卑怯とは言われん。大いに褒められる。御褒美もたんと頂ける。悪いことは言わん。傷ついて半死半生な相手なら兎も角、元気な兜首に一人で挑むのはやめておけ」

榊原の話を聞きながら、茂兵衛は二つの話を思い出していた。

まずは、死んだ親父だ。

父は落武者を殺した。相手はおそらく名のある武将であり、そのことを父は終生誇りにしていた。農民側は十人ほどで取り囲み、侍に襲いかかったのだ。父の事例は、図らずも榊原の忠告を体現していた。

次に、御油で会った赤具足を思いだしてみた。

あのとき、茂兵衛は殴られた記憶すらなかった。それほど侍は速かった。赤具足が左利きであったことを考慮に入れるにしても、彼我の実力差は明白だったのである。

（もしも合戦場で、赤具足と鉢合わせたら俺はどうすべきだろうか？）

仲間がいれば榊原の教えや父の成功例に倣い、一緒に襲いかかればいい。が、もし自分一人だったら——。

（今までの俺だったら、やられたら、やりかえせとばかり、遮二無二《しゃにむに》突っかかって行くだろうさ）

それが最も自分らしい行動だとは思う。少なくとも、今まではそうだった。

しかし、それで本当に勝てるのか？　ただの喧嘩ではない。戦場で「負ける」ということは、そのまま死を意味するのだ。

（ま、やれるとこまでやるさ。駄目なら駄目で、そのときはそのときだら）

と、いつも自分を鼓舞してきた魔法の呪文を唱えてみたのだが、今回ばかりは元気が戻らない。なにせ相手はあの赤具足だ。本当に殺されるのだ。死ぬのだ。

(強気一辺倒もええが、多少は考えねェと……命が幾つあっても足りねェ)

胃の辺りがジクリと痛み、茂兵衛は心中で「ナンマンダブ、ナンマンダブ」と数回唱えた。

五

その夜は、張り番に立つ者をのぞき、皆早々に寝床へ潜り込んだ。明日からは乱杭を埋める作業が始まる。十分な休養をとっておかねばならない。

「茂兵衛、起きとるか?」

亥《い》の下刻(午後十時台)、傍らの寝床から辰蔵が低く声をかけてきた。周囲には同僚たちの遠慮会釈ない鼾《いびき》が響き渡っている。

茂兵衛は起きていた。赤具足との再戦を考え過ぎて頭に血が上ったか、寝そびれてしまっていたのだ。

「おう、なんら?」

「おまん今、馬の声を聞いたか?」

「いんや」

現在、野場城に馬はいないはずだ。昼前に夏目家家宰の本多比古蔵が馬で籠城準備の進捗状況を検分にきたが、陽が暮れる前に六栗村へと帰って行った。ちなみに〝家宰〟は家来の一番上位者だ。後世の〝用人〟や〝家老〟に相当する。

「空耳じゃねェのか？」

と、茂兵衛は半信半疑で辰蔵に訊き返した。

「ま、馬じゃねェのかも知れねェが」

「馬じゃなきゃ、なんだ？」

「猪とか、狐とか？」

「猪はブヒブヒ、狐はコンコンだら」

「それが変なんだ。妙にくぐもった声でよォ……少し遠かったたし、聞き違いかも知れねェら」

「たよりねェなァ」

どうせ眠れないのだ。茂兵衛は起き上がり、小屋の窓の半蔀《はじとみ》を少し持ち上げて外をうかがってみた。

「ああッ、燃えとるがや！」

思わず大声になった。窓の五間（約九メートル）先は土塁になっており、その向こうから、白い煙が立ち昇っている。燃える生木がバチバチと爆《は》ぜる音がして、夜の空気全体が揺らめいて見えた。

「火事だ！　小頭たちに報せてくれ！」

「お、俺が行くら！」

と、辰蔵が小屋を飛び出して行った。にわかに小屋の中は騒然となった。

茂兵衛は小屋を出て、立てかけてあった槍の一本を掴むと、大手門の矢倉下へと走った。矢倉には張り番が詰めているはずだ。

「お～い、源五郎《げんごろう》さん！」

張り番の名を呼ぶと、源五郎と相棒の吉松《よしまつ》が矢倉に姿を現した。目をこすりながら慌てた様子で幾度も「火事だ、火事だ」と叫び始めた。大方、眠りこけていたのだろう。

「茂兵衛、人だら。怪しい者がおる！　逆茂木のとこだら！」

と、矢倉の上から源五郎が指さした。

茂兵衛は土塁をよじ上り、柵の間から源五郎が指す方向を探った。燃えているのは昼間、茂兵衛たちが並べた逆茂木である。まだ生木であったためか、火勢は思ったほどではない。シューシューと水を吹きながら不承不承に燃えている程度だ。

人影が二つ、まだ火のついていない逆茂木の辺りで動いている。しゃがみ込み、なにやらゴソゴソとやっている。逆茂木に火をつけている最中なのだろう。軍兵が駐屯している城の逆茂木に、冗談や悪戯《いたずら》で放火する者はいない。明らかに敵だ。今回の場合、反一揆の旗頭、松平家康側の手の者だろう。

「源五郎さん、賊は二人だけかね？」

「ああ、他には見えねェ。あの二人だけだがや」

辰蔵は、馬が遠くでいななくのを聞いている。賊は、この近くまで馬できて、どこぞの木にでも繋いでいるのかも知れない。そこから城まで静かに歩いて忍び寄り、火をつけたのだ。

「あ、逃げた」

矢倉の源五郎の叫び声を聞いた途端、茂兵衛は弾かれたように駆けだした。逃げる敵は二人、あるいは腕のたつ侍かも知れない。榊原の忠告を忘れたわけではなかったが、茂兵衛が足を止めることはなかった。

大手門を走り出ると、半町（約五十五メートル）先を逃げて行く二人の背中がわずかに確認された。山陰へ向かって走っていく。

（こんな時、夜目の利く丑松がいてくれると助かるんだがなァ）

今夜は二十一日の月で、月の出は遅い。現在は山の端にようやく顔をのぞかせている程度だ。

人影を追い、闇の中を走った。脚力には自信がある。

前方の木立の陰で、大きなものの気配が動いた。

（あれは馬だ。ここに繋いでいやがったのか！）

次の瞬間、蹄《ひづめ》の音が轟《とどろ》き、三頭の馬が暗がりから駆けだした。賊は三人だ。

おそらく、一人はこの場に残り、馬を見張っていたのだろう。三頭が轡を並べ、こちらへと突っ込んでくる。

茂兵衛は足を止め、槍を構えた。踏ん張った両足に、馬が地面を蹴る重い震動が伝わってきた。

（来いッ！　止めたる！）

反射的に、槍の石突を地面に突き立てた。穂先を馬が来る方向に向け、片膝をつき、背筋を伸ばした。体が自然に動いている。最前の槍講義で榊原から伝授された方法を試す好機だ。

三頭が迫る。馬が来るまでの数呼吸、妙に冷静でいられた。子供のころからの喧嘩慣れの賜物かもしれない。

二頭が両脇を轟音とともにすり抜けた瞬間、茂兵衛は真ん中の一頭の胸の辺りの高さまで槍の穂先を持ち上げた。

ガツッ！

穂先が馬の胸に突き刺さると、柄が大きくたわみ、先端から二尺（約六十センチ）ばかりの所でボキリと折れた。が、同時に馬も弾き飛ばされ、悲鳴を上げて転倒する。騎乗していた賊が馬の頭を飛び越え、文字通り宙を舞うのが、夜目にもハッキリと見えた。

茂兵衛は折れ残った七尺（約二百十センチ）分の柄を振りかざして、落馬した賊に迫った。

賊はふらつきながら立ち上がり、腰から打刀を抜いて茂兵衛に正対した。

「なぜ、城に火をつけた！　戦か？　物盗りか？」

「……………」

――返事をしない。

見れば、頭に巻いた布は顔までを覆っている。

(なるほど……そういうことか)

野場から六栗を経て敵側の深溝まで、わずか一里(約四キロ)弱の距離だ。その狭い範囲に棲まう武士なら、互いに顔見知りであろう。下手をすると親族や朋輩であるかも知れない。顔を隠したくなる気持ちもよく分かる。

賊がチラと倒れた馬の方をうかがった。

馬は生きていた。折れた槍の穂先を胸からブラ下げたまま、体を大きく揺すって起き上がった。その拍子に穂先が抜けて地面に落ち、ゴトリと鈍い音をたてた。不快げに一声いななくと、南の方に向け駆け去って行った。

「死ねッ」

と、刀を振りかぶり、茂兵衛に斬りかかってきた。賊の声を初めて聞いた。まだ若い声だ。

穂先を失った槍の柄と打刀の勝負――刀は鎧武者には無力だが、小袖姿の茂兵衛には脅威である。離れて打ち合えば槍の柄にも勝機があるが、接近戦となれば殺傷力で刀には敵わない。

茂兵衛は槍の柄を、斬りかかってきた賊の顔をめがけて突き出した。

賊が歩を止め、刀で払う。刀が大きく振れた隙に、茂兵衛は数歩後ずさった。

賊が一歩踏み込むと槍の柄を突き出す。その応酬を幾度か繰り返し、刀の切っ先が届かないだけの間合いを保つようにした。

馬と入れ違いに、背後の城の方から数名の足音が走り寄ってきた。

もし賊にまだ仲間がいて、彼らの足音だと茂兵衛は進退窮まる。しかし、目下刀を構えた侍と相対しており、振り返って確認する余裕はない。茂兵衛は賊の反応を見極めることにした。正面から駆け寄る人影が賊の目には入っている。もし仲間であれば、多少とも態度に、安堵や喜色が表れるだろう。反対に夏目側の城兵であれば、絶望し肩を落とすはずだ。

果たして賊は、大いに落胆した様子を見せた。

となると、足音は野場城から駆けつけた夏目党であろう。最前は仲間に置いて行かれ、落馬し、その馬にも逃げられた。賊は今、さぞ心細く、情けない思いをしているに相違ない。

（ふふん、コイツまだ若いな……俺も十七だが、その俺に心を読まれてるようじゃ、まだまだ修行が足りんわい）

茂兵衛の心にさらなる余裕が生まれた。

自棄《やけ》となり、奇声をあげて斬りかかってきた賊の鳩尾《みぞおち》辺りを、柄の先で強かに突いた。

「グフッ」

と、一声うめいた賊が後方へ弾き飛ばされた。腹を押さえ、海老のように丸まり、苦しげにもがいている。同じ光景を前にも見た記憶があった。

(ほうか……小吉だら。村はずれでお人好しの小吉の腹を突いたときと同じだ)

ほんの四、五日前のはずだが、半年も前の出来事のような気がする。それだけここ数日の間に、色々なことが起きたのだ。

踏み込んで叩き殺すことも考えたが、仲間が駆けつけてくれたことだし、敢えて止めを刺すまでもない。

「ああッ、貴殿は……半衛門《はんえもん》殿の御子息であろう?」

顔の下半分を覆っていた布を剝ぎ取り、松明《たいまつ》で照らすと、賊の身元はすぐに判明した。深溝松平に仕える長谷川《はせがわ》半衛門という侍の倅で、名を千代丸《ちよまる》というらしい。案の定、まだ十八歳の若武者だ。

「それにしても千代丸殿、なぜ逆茂木に火など点けなさった?」

「俺はなにも喋らぬ。早う殺せ!」

面識のある榊原らが代わる代わる尋問したが、後ろ手に縛られた千代丸が、事情を語ることは終《つい》になかった。

「どうもやり難いな……父親は身分ある武将だし、ワシは千代丸殿がほんの童《わらわ》の時分からの顔見知りなのだ。まさか殴って口を割らせるわけにも参らん」

榊原が小声で愚痴をこぼすのが聞こえた。

（なに抜かしてんだ髭達磨……手前ェの配下は遠慮会釈なく殴るくせによォ）

と、茂兵衛は呆れたが——ま、榊原の逡巡《しゅんじゅん》はさておいて、今回の内戦が本格的に始まれば、あちこちで妙な具合になることは目に見えていた。昨日まで近所で親しく交際し、隣国との戦となれば、轡を並べて共に戦った西三河の武士たちが、二手に分かれて相争うのだから。

岡崎の松平宗家についた家も、三ヶ寺側を支持する家も、片方を選んだ理由は紙一重の、大したことのない、些細な事情であったはずだ。互いに遺恨などあろうはずもなく、只々運命に従って殺し合う——なんとも不条理な話ではないか。

（むしろ、地縁血縁のない俺は気楽でいいや……敵は敵だ。誰彼関係なく目の前の相手を打ち殺せばいいだけだからな）

形はでかいが、茂兵衛はまだ十七歳である。現状ではあまり複雑な思考をする性質《たち》ではない。「なめられたら負け」とか「なにも考えずに目の前の相手を殺せ」とか、そういう単純な論理の方が性に合っている。

（戦国の世に生まれてよかったら。乱世は分かりやすい。俺に向いとる）

榊原らに城内へと引き立てられる千代丸の背中を眺めながら、茂兵衛はそんなことを考えていた。

六

現在の野場城には小頭が二人と徒武者一人がいるだけで、後は茂兵衛ら小者ばかりであった。城が襲撃された事実、賊の一人を捕縛した事実を、一刻も早く六栗にいる夏目次郎左衛門に通報せねばならない。

三人の侍が協議した結果、千代丸を捕獲した茂兵衛と、敵襲を真っ先に察知した辰蔵、二人の殊勲者を護衛に、榊原左右吉が捕虜を連れ、六栗城まで引き返すことに決まった。その間、野場城は二人の侍と八人の小者で守ることになる。最早、開戦と思いなして行動せねばなるまい。城内の武具庫が開けられ、打刀や槍、具足が小者たちに配られた。

茂兵衛にとって、具足を身に着けるのは初めてのことで、榊原の指導を受けた。

まず裸になって褌をしめる。甲冑を脱がずに用が足せるよう工夫された特殊な褌だ。紐のついた長い布を首にかけ、体の前に垂らす。その布を、股間を経て尻まで回し、縛り留めれば褌となる。首の後ろで紐を締めれば布が陰部をきっちりと覆い、緩めれば布の隙間から用が足せた。なかなかの工夫である。

次に雑兵用の具足下衣《ぐそくしたころも》を着る。上着は筒袖である。籠手をはめるので幅広の袖は邪魔になるからだ。甲冑の下で前がはだけぬよう襟元に留め具か紐がついている。

袴は、股引《ももひき》と脚絆を一体化したような山袴《やまばかま》だ。股座《またぐら》は大きく割れ、布が深く重なっているだけで、縫合《ほうごう》されてはいない。これも帯を解かずに、そのまま用を足す工夫だ。

肩まで被《おお》う長大な籠手を両腕にはめ、胸の前で縛って留める。

これ以降は、いよいよ武具だ。

まず具足を着ける前に、具足下衣の帯に打刀と脇差を佩びた。負け戦で逃げるとき、重い具足を脱ぎ捨てても、刀だけは持っていられるようにとの配慮だ。刀を佩びた状態で、具足を着る。

胴の形式は様々であるが、夏目家の貸具足は二枚胴の右脇留めであった。

「胴の横から半身を入れてな、両の肩紐を下から持ち上げるようにして、エイサッと被る。後は、右脇と金玉隠しの裏で紐を縛って留めれば出来上がりだら。どうだ、簡単なもんじゃろう。ちゃっちゃとやれ。愚図愚図《ぐずぐず》すんな」

榊原は丁寧に教えてくれるのはいいが、少しでも理解が遅いと、その度に茂兵衛の頭を小突くのが不満だ。

「き、金玉隠しって、なんです？」

「正面の草摺《くさずり》のことら」

「ああ、なるほど」

あとは、胴から草摺を下げている紐の上から帯を巻き、そこに水筒《すいとう》やら草鞋《わらじ》やら腰籠《こしかご》をぶら下げる。鉄製の陣笠を被り、槍を持てば立派な足軽である。

今後は、茂兵衛や辰蔵たちのことも〝小者〟などではなく〝足軽〟と呼ぶことにしよう。

「なにしろ今夜が一番危ない。たかだか三十名の夏目党が、さらに分散しているのだからな」

戦力の集中は、古来より兵法のイロハである。分散はいけない。

「明日になれば、六栗なり野場なりに集結するだろうから一安心……今夜だけ、しのぎきろうぞ」

そう言い交わし、榊原隊は長谷川千代丸を連れて野場城の大手門を出た。夜道を半里（約二キロ）南下して六栗へと向かうのだ。

「千代丸殿、初めにお断りしておくが、もしお逃げになる素振りが見受けられた場合、躊躇《ちゅうちょ》なく背中から刺しまする」

「ふん、こうして後ろ手で縛られておるのだ。どうやって逃げる？」

「ま、一応は申し上げましたぞ」

榊原は千代丸に因果を含めてから歩き始めた。松明の類は焚かない。敵が隠れているやも知れないからだ。楕円形の月が徐々に上ってきているし、六栗までの道は、菱池に沿った一本道だから、よもや迷うことはあるまい。

「随分、大人しい馬でしたよね？」

手槍を担いで歩きながら辰蔵が誰に言うともなく呟いた。

「三頭もいて、俺が聞いたいななきは一度きり、しかも遠慮がちだった」

「夜討ち朝駆けでは、馬の音を消す工夫をするものさ」

榊原が辰蔵に説明した。

脚に藁束《わらたば》を巻いて蹄の音を消し、口には枚《ばい》と呼ばれる短冊状の木片を嚙ませることでいななきを抑えるという。

「千代丸殿を見ろ。甲冑を着けておらんだろ……草摺が擦れると意外に大きな音がするからさ」

甲冑があるとないとでは大違いなのだが、防御力を犠牲にしても静謐性《せいひつせい》を優先させる──これぞ夜討ち朝駆けを成功させる要諦であるらしい。

「それで、具足を着ておられないのですか？」

オズオズと辰蔵が、縛られたまま前を歩く千代丸に確認した。

「知らん。知っておっても敵には教えん」

「敵って……戦はまだ始まっておらんでしょ？」

不満げに辰蔵が反駁《はんばく》した。

「鏑矢《かぶらや》を撃ちあい、名乗りを上げての戦はすでに廃れた古《いにしえ》の美風よ。或いは、今夜の野場城への夜襲が、戦の始まりなのかも知れんぞ」

「ハハハ、馬鹿らしい」

榊原の言葉を聞いていた千代丸が大声で笑い始めた。

「なにが可笑しゅうござる？」

「あれは単なる嫌がらせよ。小賢しく逆茂木など並べておるから、綺麗に燃やしてやろうとな。我らが戦を始めるときは、まず六栗の館を焼き討ちに致すであろうさ、違うか？　大体がだな……」

「この野郎、口を閉じやがれ！」

と、茂兵衛は千代丸の後頭部を拳骨で殴りつけた。捕虜は振り返り、殴った足軽を睨み返した。

「こら、たァけ……ら、乱暴致すな」

——同郷の上士を、配下の足軽が打擲《ちょうちゃく》するのを見て榊原左右吉は狼狽した。

「小頭、こいつ急に大声を出しやがって……仲間に合図でも送ってるんじゃねェですかい？」

「そんなことあるかァ！」

と、千代丸が殊更に大声を張り上げた。

「こりゃ、間違いねェわ」

茂兵衛は槍を辰蔵に渡すと脇差を抜き、背後から千代丸の喉に刃の峰を押し当てた。

「やい千代丸、今度デカい声だしやがったら喉を掻っ切るぞ！」

低い声でどやしつけると、流石に千代丸は口を閉じた。

かつて茂兵衛の父も、落武者の喉を掻っ切った。人殺しはそれが最初で最後だったそうだが、父は難なくやってのけたし、生涯の自慢となった。すでに人一人殺している茂兵衛にやってやれないことはない。本気で殺《や》るつもりでいた。

「おい、茂兵衛……敵だ」

榊原が低く叫んだ。

背後から足音が近づいてくる。脇差を千代丸の喉に当てたまま振り返った。

この時間、月は中天近くにまで上っており、その月明りが刀をさげて走り寄る二人の侍を浮かび上がらせていた。千代丸と同様に、両の籠手のみで甲冑は着けていない。野場城から馬で逃走した二人が、千代丸を助けるべく待ち伏せしていたのだろう。

「千代丸殿は放っておけ。左のはワシが相手をする。右の侍をおまんら二人で殺れ」

そう命じると、榊原は槍を構えて駆けだした。

茂兵衛は千代丸を藪の中へ蹴倒すと、辰蔵から槍を受け取った。

「行こう！」

敵に向かって駆けだすと、辰蔵も後に続いた。

「相手は刀だ。俺らは槍だし、具足も着けとる。滅多なことでは負けねェ」

走りながら辰蔵を鼓舞した。

「二人がかりだしな」

「おうよ。おまんは臍《へそ》から下を刺せ。俺は臍から上を狙う」

「臍から下だな。心得た！」

確かに、茂兵衛と辰蔵はかなり有利だ。鉄製の陣笠を被り、籠手をはめ、具足を着けていれば、刀で斬られる場所は限られてくる。怖いのは格闘となって組み敷かれ、刺し殺されることだが、茂兵衛が馬乗りになられた時点で辰蔵が黙っていないだろう。敵の背中に槍が突き刺さって勝負はつく。

（負ける気がしねェ）

と、心中で叫びながら足を止め、敵と相対した。

正面で槍を構えると、目端の利く辰蔵が敵の背後へと機敏に回り込んだ。よい判断だ。侍は明らかに、前後の敵とやり合うのを嫌がっている。

「やい、どうする侍!?　相手は鎧を着た槍足軽二人だぞ」

と、まずは口で相手の動揺を誘うのが茂兵衛の喧嘩の流儀である。侍相手のときは、もう少し「仕掛けを速める方がいい」と赤具足や榊原左右吉を通じて学んだつもりだったが、ま、今夜のところは慣れ親しんだやり方で行くことにした。

「たとえ一人を倒しても、もう一人から刺される。背中に目はついてねェんだ。おまんに勝ち目はねェら。千代丸なんぞに義理立てせず、逃げた方がいいんじゃねェのか？」

「へへへ、兄ィ、俺らは雑兵だから、背中から刺しても卑怯じゃねェよな？」

辰蔵は「兄ィ」と呼んだが、茂兵衛より自分の方が一歳年長だ。

「ほうだら。背中から思いっきりブッ刺してやんな」

亡父からは「侍とやり合うときには、腰回りを刺せ」と教えられた。しかしそれは、甲冑武者の場合であり、目の前の敵は籠手をはめているだけの所謂〝素肌武者〟だ。どこでも刺せるし、どこでも刺さる。

（どこでもいいなら的《まと》はでかい。気楽なもんだらァ……ほらよォ）

と、茂兵衛は敵の顔を目がけて槍先を突き出した。

侍は機敏に身をよじり穂先を避けたが、体勢は大きく崩れた。その刹那、辰蔵が背後から敵の太股に槍を突き刺した。

「おのれッ」

と、叫んで、刺さった穂先を斬り落とそうと刀を振ったが、無情にも刀は跳ね返されてしまった。槍の柄の太さは一寸（約三センチ）から一寸半（約四・五センチ）もある。半端な体勢から刀を矢鱈《やたら》と振っても、簡単に両断できる代物ではないのだ。

一瞬、茂兵衛は侍と目が合った。

月明りだけの薄暗い中、なぜか白目がくっきりと見えた。侍が見つめたのは大柄な若い足軽か？　はたまた死神の姿であったのか？

「往生せい！」

一歩踏み込み、胴体のど真中を狙い槍先を押し込んだ。

感触は猪を突いたときとほとんど変わらない。スッと背中まで貫き通した。前屈みになった侍の口から、大量の黒い液体が吐き出された。目は大きく見開かれ、茂兵衛を見ている。「恨みを込めて睨んでいる」のとは違う。むしろ驚いたような表情で、呆然と見つめているのだ。

（なんだい、俺の面になにかついてるのか？　まさか俺のことを知ってるのか？　おまんは俺の知り合いか？　や、侍に知り合いなんかいねェわ）

とりあえず、槍を抜いた。その反動で侍は崩れ落ち、手足を伸ばして仰向けに横たわった。辰蔵が圧し掛かるようにして止めの一突きを首に入れた。鞴《ふいご》の音にも似た長く細い息を吐いた後、侍は動かなくなった。

「おい、こら、千代丸殿を追え！」

榊原の声で我に返った。

見れば月明りを背中に受け、千代丸が半町（約五十五メートル）先を走っている。縛られた状態のまま、必死に駆けている。

榊原は、未だに格闘中だったが、すでに相手の侍を組み敷き、まさに喉を搔っ切ろうとしているところだ。

「ワシはいい。千代丸殿を追え！　殺すなよ。生かしたまま殿への土産《みやげ》とせよ」

「承知！」

と、一声叫んで茂兵衛は駆けだした。が、辰蔵はついてこない。走りながら振り返ってみると、今倒した侍の骸《むくろ》に馬乗りとなり、なにかしている。

（辰蔵のたァけ、首を搔くのが先かい！）

しかし、ま、これは仕方ない。

倒した侍は、千代丸の相棒であったし、立ち合った雰囲気からも、おそらくは歴とした士分であろう。それを辰蔵は仕留めたのだ。千歳一遇、先日話していた夢の兜首が、まさに目の前にぶら下がっているのだから、首を獲るのを優先させるのは無理もない。

前方を走る千代丸が、道を外れ、暗い木立の中へと姿を消した。

（あ、森に隠れるつもりか？　無駄だァ）

だが、千代丸は隠れたのではなかった。

ほどなく消えた木立の中から馬に乗って飛び出してきたのである。うかがい見れば、まだ両手は後ろ手に縛られたままのようだ。手綱を持たず、鐙《あぶみ》と声だけで器用に馬を操っているらしい。

馬は加速し、どんどん遠ざかっていく。

（馬は、確か三頭いたな。まだ二頭残っているはずだ。俺もそれに乗って奴を追いかけて……あッ！）

はたと足が止まった。

（俺、馬に乗ったことねェわ……駄目だら）

茂兵衛は先祖代々生粋の百姓である。馬とは乗るものではなく、荷を運び、田畑を耕し、飢饉になれば殺して食らうもの――だったのだから仕方がない。

ただ、千代丸は折角捕らえた虜《とりこ》だ。このまま逃がすのも業腹《ごうはら》である。とりあえず後を追って走り出した。

馬といっても、往時の馬は肩までの高さが五尺（約百五十センチ）弱の小型種であり、頑健で持久力は抜群だが足はさほどに速くない。短い脚を忙しなく動かして懸命に走る。その姿は健気で可愛いが、現代馬の巨大で優美な姿とは隔世の感がある。

対して茂兵衛は若く、長身で、健脚自慢である。追いつけなくもないと己を鼓舞して走りに走った。

が、いかんせん手に持った槍が邪魔くさい。具足は重いし、陣笠もバタついて鬱陶しかった。

（どうせ千代丸は縛られたままだ。脇差一本あれば用は足りるだろう）

と、槍を捨て、刀まで投げ捨てた。陣笠も脱いで捨てた。

ただ、胴丸《どうまる》と草摺は脱ぐのに手間がかかる。走りながらは脱げない。簡易な御貸具足ではあるが、重量が二貫（約七・五キロ）はある。それが一歩毎に上下動を繰り返し、次第に茂兵衛の体力を奪って行った。

「この、たァけが！　馬に勝てるか！　馬〜鹿、頓馬、下衆ッ！」

馬上の千代丸が振り返って哄笑《こうしょう》し、罵詈雑言《ばりぞうごん》を投げてきた。折れた槍の柄で突かれたし、頭も強か殴られた。さらには背中を蹴られて草叢に突っ伏した。総じて、茂兵衛に対し恨み骨髄なのだろう。

茂兵衛も、なにか辛辣な言葉を返してやりたかったが、あまりに呼吸が苦しく、自重した。心臓の鼓動がバクバクと耳にまで聞こえる。太股から尻にかけて筋肉がブルブルと震え始めた。

(も、もう限界……悔しいが、千代丸の言う通りだら。馬には……勝てねェ)

と、足を止めた。瞬間、酷い立ち眩みが襲い、茂兵衛は街道上にドッと崩れ落ちた。上体を起こしていると胴丸が胸と喉を圧迫して辛い。両脚を投げ出し、大の字に寝ころがった。

(ち、千代丸の野郎……いつか殺してやる!)

見上げる夜空には、二十一夜の月が浮かんでいた。やや西の空へと傾いてきている。もう夜半は過ぎたのだろう。

しばらくは、自分の荒い息の音だけを聞いていた。静まっていた秋の虫たちがふたたび茂兵衛の周囲で鳴き始めた。

(槍と陣笠と刀……あれは借り物だから、拾って帰らなきゃな)

体をゆっくりと起こし、少し頭を振って正気を取り戻した。立ち上がり、淡い月光の下をトボトボと戻り始めた。

第三章　野場城の籠城戦

一

淡い月の光が、湖畔の街道を照らしていた。

三十名ほどの女子供──夏目党のおもだった者の家族とその奉公人たちが、北を目指して進んでいく。誰も口をきかず、咳《しわぶき》さえも聞こえない。恐怖心を丸めた肩に漲《みなぎ》らせ、黙々と歩いていく。

武装した三十名の男たち──ある者は荷をかつぎ、ある者は槍を抱いて周囲を警戒しながら、やはり野場城を目指して進んでいた。

二十一夜の月はもう大分傾いていた。街道の西側には山が迫っているので、もうしばらくすると、月は山の端に隠れて見えなくなるはずだ。

「それまでに、明るくなりゃええが」

茂兵衛は槍を担いで最後尾を歩きながら、小声で呟いた。

夜明け前に月が沈むと暗い道を進むことになる。一団には幼子の手を引いた老女や、乳飲み子を抱いた女も数多く交じっている。さりとて松明を焚くわけにはいかない。いつ深溝松平の兵が後方から追ってくるやも知れず、灯火はその目当てとなるからだ。

この一団を直衛する三十人と、野場城に籠っている十人が、六栗村に盤踞《ばんきよ》する夏目党の全兵力である。平時編成で三十人ほどだったものが、二人の地侍と八人の百姓が加勢したことで都合四十人にまで増えた。

ただ今回、深溝の松平又八郎は二百人からの兵を動員したと聞く。もしその半分——否、四半分でも追撃してくれば、この場にいる三十人の兵で女子供を守り切るのは難しい。夏目党はほぼ壊滅する。

徒歩の榊原を先頭に、次郎左衛門の二人の倅、長男与十郎《よじゆうろう》と次男権九郎《ごんくろう》が騎馬でつづき、次郎左衛門自身は、郎党の本多比古蔵以下七名の騎馬武者と轡《くつわ》を並べて殿軍《しんがり》を務めていた。

茂兵衛と辰蔵は「まだ若く、馬について走れるから」との理由で殿軍のさらに後方へと配置されている。

「茂兵衛よ……恨みがましくちらちら見るな」

「え？」

唐突に辰蔵から声をかけられ、茂兵衛は隣を歩く相棒を見た。陣笠の下、辰蔵の口元が笑っているのが夜目にも分かる。

「おまん、これが気になってしょうがねェら？」

と、相棒は腰にぶら下げた侍の首級《しゅきゅう》を、西瓜《すいか》のようにポンポンと叩いた。首は晒布《さらしぬの》でくるまれ、辰蔵の帯に括りつけられている。晒布の下半分は首から流れ出た血で黒々と濡れていた。

「心配するな。おまんも『ちょびっとだけ手伝うた』と、ちゃんと殿様に申し上げてやるら」

「………」

確かに、最初の槍は辰蔵がつけた。止めを刺したのも彼だ。総じて、辰蔵の手柄と言えば言えなくもない。ただ、修羅場では茂兵衛のことを「兄ィ」と持ち上げて前面に押し出し、いざその褒賞となると「茂兵衛」「おまん」と格下げにする——その調子のよさがどうにも憎らしかった。なにか強烈な皮肉でも言い返してやろうかとも考えたが、今はいつ敵の大軍が追ってくるやも知れない非常時である。分別が働き、喉まで出かかった悪態を飲み込んだ。

（ま、考えようだな。今まで俺の相棒は丑松一人だった。辰蔵は丑松と違って知恵が回るし、ここ一番でも逃げだすようなことはない。多少こすいところは気にくわんが、いないよりはましだら）

と、思い直し「今後とも、よろしくたのむわ」と軽く頭を下げておいた。

殿軍は、八騎の騎馬武者と六人の槍足軽、一人の足軽小頭で構成されていた。深溝は六栗のさらに南だ。敵が襲ってくるとしたら背後からであり、殿軍を手厚くした所以《ゆえん》である。

八騎ならんで馬を進めていた騎馬武者の内の一人が、馬首を巡らせ、最後尾の茂兵衛のところへやってきた。大久保四郎九郎《おおくぼしろうくろう》という若い侍だ。濃紺の毛引縅《けびきおどし》の当世具足に、立物《たてもの》のない頭頂部のやや尖った桃形兜《ももなりかぶと》を被っている。弓と鉄砲の名手で、なかなかの美男だ。今では夏目家の郎党に収まっているが、元々は岡崎の南、上和田《かみわだ》の大久保党の傍系だったと聞く。明るく振るまってはいるが、今回の一揆で大久保本家は岡崎方に立ち、家康に忠誠を尽くしているのだから、四郎九郎の心中は、さぞや複雑であろう。

「おまんら、兜首を挙げたそうじゃのう？」

「へい！」

と、辰蔵が茂兵衛を制し、一歩前へと進み出た。腰の首級を指さし、満面の笑顔で応じる。この辺は、流石に商人の倅だ。如才ない。

「殿は気前がええ。褒美もたんと下さる」

「へい！　ありがたいことで」

――これも辰蔵。茂兵衛に喋らせる気は一切ないらしい。

「ただな……」

と、大久保は屈んで顔を寄せ、小声で囁いた。

「負け戦になると、出すべき御褒美も出せん。この道理は分かるな？」

「へ、へい……」

辰蔵の声が、急にか細くなった。

「ならば気張って働くことだ。なに、百人かそこらの戦だ。一人一人が頑張れば趨勢《すうせい》はどうにでもなる。戦に勝てば、おまんらは侍にしてもらえるかも知れんぞ。公《おおやけ》に苗字を名乗り、刀を差し、威張って歩け……もう、村の女子《おなご》の見る目が違うてくるら」

「へ、へいッ！」

――辰蔵に元気が戻った。

美男の郎党は莞爾《かんじ》と微笑むと、馬を急《せ》かせ、もとの配置へと戻っていった。

「聞いたか茂兵衛？　女子の見る目が違うてくるんだと！」

「お、おう……」

暗い中、茂兵衛は色々なことを想像して頬を染めた。植田村時代、嫌われ者だった茂兵衛は、若い娘から「いい顔をされた」覚えなど一度もない。

「殿、あれを御覧下され！」

と、殿軍隊の小頭が背後の彼方を指さした。

「おう、あれは……む、六栗であろうなァ」

馬を止めて振り返った次郎左衛門がうめいた。

遠く南の方、暗い空を背景に幾筋かの白煙が立ち上っている。おそらく、深溝勢が六栗村を焼き、略奪を尽くしているのだろう。

前を往く女子供たちの間から、すすり泣く声が漏れ伝わってきた。

「泣くでない！　戦に勝てば、家屋敷ぐらいなんぼでも建て直してやる。敵が六栗を焼いておるのはむしろ好都合。その隙に野場に入ろうぞ。さ、急げ！」

茂兵衛も殿様に同感であった。

次郎左衛門の家族に加え、主要な家来の身内は大方連れてきたのだ。六栗に残された百姓たちは戦慣れしているから、黙って蹂躙《じゅうりん》されることはない。深溝勢の通り道になると知ればすぐに、背後の山にでも逃げ込み、難を逃れたはずだ。人的被害がなければ、戦後の復興は容易《たやす》かろう。

むしろ逆に、深溝勢が六栗を素通りし、そのまま追撃してきていたら一大事であった。敵に追いつかれた夏目党は、全滅だったのかも知れない。

六栗村が焼き討ちに遭っている隙に、夏目党は全員無事に、野場城に入ることができた。大手門を潜るころには、東の空が大分明るくなっており、誰もの心に、幾ばくかの希望と勇気を与えてくれていた。

入城するとすぐに、次郎左衛門は城の防備強化を命じた。

逆茂木は一部燃やされたが、おおむね無事だ。むしろ焼き締められた枝は硬化しており、寄せ手は難渋するだろう。千代丸の放火は藪蛇だったのだ。

ただ乱杭はまだ埋設していない。

城内総出で作業をしても、城の全周をぐるりと針の山と化すには二日以上がかかる。それまで深溝勢が待ってくれるとも思えない。

「菱池の側は後回しでよい。まずは、西側と南側じゃ。城門の左右に重点的に埋めよ」

次郎左衛門の下知で、七十人あまりの老若男女は一致協力、丸太や太竹の両端を削る作業、それを環濠の底に埋める作業、埋めた乱杭同士を縄で結ぶ作業などに没頭した。なにせ今から自分たちが籠る城の防備策だ。己の命がかかっているから、誰もが必死で働き、作業は大いにはかどった。

子供たちは、水汲みに駆り出されていた。城内三ヶ所にある井戸から水を汲み、手桶に溜めて小屋の周囲に並べるのだ。

籠城戦は水の確保が死命を制する。

用途は飲み水だけではない。攻城側は必ず火矢を射かけてくるから、消火用の水が大量に必要となるのだ。小屋の建材には燃え難い木々を選ぶし、泥を塗りつけたり、盾を周囲に並べて火矢を防ぐが、屋根に火が点くと、もうひたすら水をかけて消すしかない。が、野場城は湖畔に立っている。井戸が枯れる心配はほとんどなく、その点では心強かった。

ダ―――ン!

銃声だ。すわ敵か⁉　誰もが手を止め、音の方向を見た。

幸い敵襲ではなかった。大手門の矢倉の上で、大久保四郎九郎が鉄砲の試し撃ちを始めたのだ。

その銃の長さに茂兵衛は胆《きも》を潰した。標準的な六匁筒《ろくもんめづつ》（約二十三グラムの鉛弾を発射する）で長さは四尺（約百二十センチ）強だが、今大久保が撃っている銃は一間（約百八十センチ）に近い。規格外れの寸法だ。

「ありゃ、狭間筒《はざまづつ》だら。遠くを正確に狙えるが、あの通り長くて重いから持っては歩けん。城での戦に限り使われるおとろしい鉄砲よォ」

乱杭を埋める手を休めて、物知りの辰蔵が解説してくれた。

田舎の局地戦である。鉄砲隊と呼べるようなものは存在しない。夏目家が所有する鉄砲は四丁のみ。うち一丁が長射程で、精密狙撃が可能な狭間筒というわけだ。矢倉の上から敵将や物頭《ものがしら》級を狙うことで、攻城側の動揺や、指揮命令系統の攪乱《かくらん》を誘える有効な武器であるらしい。

ちなみに、火縄銃でもある程度の狙撃は可能だった。簡易な照準装置も付いていた。照門を元目当《もとめあて》、照星を先目当《さきめあて》と呼ぶ。ただ、命中精度には期待が持てなかった。火縄銃は無施条《ノンライフル》の滑腔銃であり、弾道が不安定だったのだ。狙って撃てる射程は二十八間（約五十メートル）が精々。勿論、例外的な名人はいて、大久保四郎九郎などは典型的な鉄砲名人であった。

「狭間筒を撃って、一町半（約百六十四メートル）彼方の兎に当てたら」

「ほう……だとすりゃ、城から一町半以内には、敵の武将衆は近付けねェってことか？」

「ま、ほうだが……遠くになれば弾の威力も落ちるからのう」

――火縄銃の弾丸は球形の鉛玉である。多用された六匁弾の径は半寸（約一・五センチ）もあるから強い空気抵抗を受ける。射程が長くなれば急激に威力は落ちた。たとえ一町半の距離で命中させても、分厚い南蛮胴だと、おそらくは貫通すまい。ま、今の三河に高価な南蛮胴を所有している武将が幾人いるのか？ という話にはなるが。

大久保以外にも夏目家には、大久保の弟子を自称する鉄砲自慢が二人いた。徒武者の富山《とやま》と神崎《かんざき》である。二人は弓の射手として名を馳せていたが、次郎左衛門が鉄砲の導入を決めたことで、射撃も習得したのだ。次郎左衛門は、ただただ貝のように閉じこもるだけの籠城戦は考えていないらしかった。大久保、富山、神崎の三人を、三つある矢倉に上げ、鉄砲と弓で近付く敵兵に脅威を与え続ける。あわよくば狭間筒で敵将をも倒す。

矢倉は防弾能力の高い竹束を並べ守られている。安全な矢倉内から、わずか五間（約九メートル）、十間（約十八メートル）先の攻め手を狙い撃てば、ほぼ必中だろう。

「矢倉からは弾や矢が降ってくる。足元には逆茂木と乱杭だ。環濠の底から土塁の頂きまでの四間（約七・二メートル）をやっと這いあがった敵兵は、柵の中から槍を突き出して出迎えてやれ」

と、次郎左衛門は楽しげに笑った。

「二度と野場城は攻めたくない、二度と夏目党とは戦いたくない」

初戦から敵に「そう思わせることが肝要」と次郎左衛門は皆に訓示した。

二

なにしろ、殿様は乗せるのが上手だら。

と、茂兵衛を含めた夏目党の誰もがそう感じていた。

日頃はギョロ目を剝いて、古い書物ばかりを読んでいる次郎左衛門だが、野場城に入って以降は、幾度も家人たちの前に出て語りかけ、ときに冗談を飛ばし、ときに怒鳴りつけ、城内の士気を意識的に高めてきた。

今までも頭領として、それなりに信頼されていたのだろうが、深溝の動きを読み、果断に女子供を野場城に移した手際があまりにも見事で、家来たちの次郎左衛門に寄せる信頼はさらに盤石なものとなっていた。

その殿様が「野場城は絶対に落ちぬ」と断言するのだから、最近では茂兵衛も「本当に大丈夫ではないか」と思えるようになってきた。ただ、現実をつぶさに見れば不安な要素が多いのもまた事実なのである。

「この城は、ぐるり一周で一町半（約百六十四メートル）ほどございますら。矢倉に三人ずつ上ったとして、残りが三十一人でしょう。全部の柵に張り付くと、一人当たりほぼ三間（約五・四メートル）を防がにゃなんねェ。夜も昼も交代なしでの話ですぜ……城は持ちますか？」

不安が高じたのか、数字に強い辰蔵が榊原に質《ただ》した。

「周囲一町半と申すが、半分は菱池の水が守ってくれるら」

「舟できたら？」

「辰蔵よ……」

榊原は乱杭を埋める手を止め、若者の顔をジッと見た。

茂兵衛も含めて、周囲で作業をする足軽たちも、辰蔵と同じ不安を抱いているらしい。作業を続けながらも、榊原の回答にジッと耳を傾けている。

「よし……辰蔵、おまん、ここから土塁を這い上がり、柵をよじ上ってみろ」

このままでは「士気にもかかわる」と判断したようで、榊原は「実際に試してみせる」気になったらしい。

「ほれ、行け！　よじ上れ！」

環濠の深さは二間（約三・六メートル）、さらに土塁の高さが二間あるから、辰蔵は都合四間の「垂直に近い急坂」を上らねばならない。しかも土がむき出しになっている。なにしろ足場が悪い。

注文通り、辰蔵は足を滑らせ、幾度が上りそこねた。

「どうした辰蔵、本番では上から鉄砲や石礫《いしつぶて》、矢が降ってくるのだぞ？」

急坂に往生する辰蔵を榊原が囃《はや》し立てた。

今まで乱杭埋設の作業中だった辰蔵は具足を着けていない。陣笠も槍も刀もなし――身軽な状態でこのざまである。

大汗をかいて土塁を上り切った辰蔵は、ようやく柵に取りついた。しかし、これがまた難物であった。丸太と丸太に渡された横木が足がかりとなるから、幾分上り易くはあるのだが、高さが二間近くある上、城内からの攻撃に無防備な腹をさらしながら上ることになる。

「丸太を上ってる間、柵の中から槍で刺し放題だら」

榊原が笑うと、周囲の足軽たちからも笑い声があがった。

「上っておる間は両手が使えないぞ？　槍先を避けることもできん。哀れなものじゃ……おい、辰蔵？」

「へ、へい」

「辛いか？」

「へい……うわッ」

返事をした刹那、辰蔵は足がかりにしていた横木を踏み外し、丸太から滑り落ち、さらに土塁の坂を転がり始めた。数名の仲間が支えてことなきを得たが、下手をすれば四間下の環濠の底へ叩きつけられるところであった。

榊原が辰蔵に駆け寄り、笑いながら顔を寄せた。

「どうだ辰蔵？　これでもまだ城を守りきれんか？」

「や、大丈夫……こんな城、攻めるのは無理だァ」

　辰蔵が疲労困憊《ひろうこんぱい》の態でうめいたので、周囲の足軽たちがドッと笑った。その表情には、自分が籠る城に対する信頼と「なんとかなりそうだ」との安堵感が表れていた。

「辰蔵は若い。小柄で身も軽い。それでもこの苦労だ。重い甲冑を着け、兜や陣笠をかぶった敵兵は往生こいて、もうヘトヘトだら……そこをおまんらが、グサリと槍で突くのさ！　大丈夫、この城は落ちん！」

と、老獪《ろうかい》な小頭が巧くまとめた。

　乱杭を予定の半分も埋めないうちに、物見に出ていた足軽が城に駆け戻ってきた。その慌てた様子を遠くから見て、乱杭埋設を監督していた榊原が「城内に戻れ、具足を着けろ」と配下の者たちに低い声で命じた。

　街道の南と西から、それぞれ軍勢が進軍してきているらしい。特に南側の軍勢は大軍である由。

「南の軍勢は深溝松平で間違いなかろうが……西の軍勢が気になるな」

　甲冑を着けながら、榊原が呟いた。

　榊原の甲冑は、茂兵衛たちが着ける足軽用の御貸具足とは違う。漆黒の素掛《すがけ》縅《おどし》の胴丸《どうまる》に、袖《そで》や佩盾《はいだて》の小具足《こぐそく》も備えている。兜は古風な星兜《ほしかぶと》だが、厳つい面《めん》頬《ぼお》を着けると味方の目からも恐ろしげに見えた。

「気になる、とは？」

胴の脇を留めるのに悪戦苦闘しながら、辰蔵が小頭に訊いた。

「敵かも知れんが、援軍の可能性もある！」

「援軍⁉」

「おう、本證寺と勝鬘寺から三、四十は来る」

勝鬘寺の名が出て、陣笠の顎紐を結ぶ茂兵衛の手が止まった。勝鬘寺には弟がいる。丑松がいる。

「援軍が来るなら、なんでそれを皆の衆に黙っとるんです？　ちゃんと伝えた方が、御味方も勇気づけられるでしょうに」

「もし、来なかったら？」

「……………」

辰蔵が黙った。

——話はこうだ。

勝鬘寺主将の矢田作十郎《やださくじゅうろう》が、援軍の派兵を次郎左衛門に確約、本證寺の空誓《くうせい》からも「大津半右衛門《おおつはんえもん》、土左衛門《どざえもん》兄弟を送る」との誓約を受けているらしい。一揆側としては、深溝松平が二百人を引き連れて北上し、岡崎の家康と合流されるのが一番厄介だ。途中にある野場城なり六栗城なりで夏目党が踏ん張り、深溝の北上を阻止してくれれば、大助かりなのである。つまり、野場城には戦略的価値があるということだ。であればこそ「一揆側が夏目を見殺しにすることはない。必ず援軍を送ってくれる」と次郎左衛門は確信を持ったのだという。

「ワシも殿様の読みに賛成だら。勝鬘寺も本證寺も援軍は送るだろうさ。ただ、送るには送るだろうが……戦には相手がおるからのう」

家康側の大久保党が籠る上和田城と勝鬘寺はわずか数町しか離れていない。本證寺には、やはり家康に忠誠を誓う本多広孝《ほんだひろたか》の土井《どい》城が睨みを利かせている。たとえ言葉通りに矢田や空誓が援軍を送り出しても、それが野場に辿り着ける保証はなに一つないのだ。

「端から『援軍が来る』と報せておいて、もし『来なかった』場合、この野場城内でなにが起きると思う？」

なまじ期待していた援軍が来ないと知れば、当てが外れた城兵の士気は一気に下がるだろう。次郎左衛門に見切りをつけ、城を抜け出す輩《やから》が続出するかも知れない。野場城の守備は瓦解《がかい》する。

であれば、奉公人たちには援軍の件を伏せ「自分たちだけで野場を守る」との気概で立ち向かわせた方がいい——そう次郎左衛門は考えたのだという。

その後、城の西方にある中島郷へ物見に出ていた騎馬武者が帰還した。慌てた様子で馬から跳び下りると、草摺《くさずり》を鳴らしながら城の奥へと駆け去った。

「茂兵衛、あれをどうみた？」

「どうって……物見のお侍は、泣いてたような」

「たァけ、ありゃ、嬉しくて笑っとったんら」

「と、いうことは？」

茂兵衛が手を止め、視線を投げた城の奥から、大久保四郎九郎が笑いながら走り出てきた。徒武者の富山、神崎と足軽一人を連れ、四人で四丁の鉄砲を抱えている。

「左右吉殿、喜べ。西からくるのは、確かに援軍……御味方だら！」

足を止め、肩で息をしながら大久保が叫んだ。

一揆側の援軍は騎馬武者、徒武者、足軽——総勢三十数名でほぼ約定通り。これは吉報である。茂兵衛たちの頬も自然に緩んだ。

「ただ、南からくる深溝勢と、ちょうど城門の前あたりで鉢合わせしそうな間合いでな」

深溝勢は総勢二百の大軍だ。もし、城門の前で鉢合わせるようだと、一揆側援軍を城内に収容できず、厄介なことになる。援軍が野場城内に入ってしまうまで、是非深溝勢を牽制しておく必要がある。そこで夏目党が持つ虎の子の鉄砲隊――わずか三人で四丁だが――を街道に出し、深溝勢に撃ちかけ、その進軍を遅らせることで援軍が入城する時を稼ごうとの目論見だ。

「すまんが槍足軽を二人ほど貸して下され。胆が据わり、足が速い奴がええ」

「では、茂兵衛と辰蔵をお連れ下さい。こやつらには勝ち運がついとりますら」

「例の兜首か？」

「御意ッ」

「ハハハ、それはかたじけないのう！」

美男の郎党は快活に笑うと、茂兵衛に「ついて参れ」と一声命じて大手門の方へ走り出した。

槍を摑んで後に従う茂兵衛と辰蔵の背中に、榊原の声が追いすがった。

「忘れるな！　相手が強そうなら、槍で上からブッ叩け！　先に叩き疲れた方が死ぬんだら！」

配下の若者を戦場に送り出す親心でもあろうか――茂兵衛は、背中を押されているようで、大いに勇気づけられた。

三

繰り返しになるが、野場城は東と北が菱池に面しており、西と南には緑濃い山々が迫る要害の地だ。

その山峡《やまかい》を縫うようにして街道が走っている。

西に半里（約二キロ）行けば中島の集落で広田川にぶつかり、南へ一里（約四キロ）、湖畔の道を行けば六栗を経て深溝へ至る。

大久保隊の作戦目標は、南からくる敵軍を鉄砲で牽制し、西からくる援軍が入城するまで時を稼ぐというものだ。物見の報告によれば、西の味方も南の敵も、野場城からほぼ同じ距離まできているらしい。ただ、西は細い山道で、南の道は広く整備もされている。当然、深溝勢の方が先に到達する可能性が高い。

大久保隊の六名は走りに走った。少しでも城から離れた地点で迎撃した方が、より長く足止めでき、時を稼げるからだ。

大久保四郎九郎は、通常の六匁筒と例の長大な狭間筒を両手に抱えて先頭を走っていた。が、見れば完全に息が切れており、足までもつれている。このままではイザ発砲となったときに、ちゃんと撃てるのかと他人事《ひとごと》ながら心配になった。その点、茂兵衛は槍一本を担いでいるだけだし、年も大久保より大分若い。

「大久保様、俺、鉄砲持ちますら」

走りながら声をかけると、大久保は両手の銃を一瞬見比べた後「すまんな」と一言詫びて、明らかに重たい狭間筒を茂兵衛に渡してきた。

――その重たさに、グラッときた。

少なくとも二貫半（約九・四キロ）、下手をすれば三貫（約十一キロ）近くもありそうだ。槍と一つに束ねて肩に背負った。急に足取りが怪しくなる。具足だけで二貫、槍が一貫、狭間筒が三貫――都合六貫（約二十二・五キロ）。そのすべての加重が上体にかかっている。高重心となった結果、足元がふらつくのだ。前を走る大久保が、チラと茂兵衛を振り返った。

「持つと言ったのは、おまんだら」

そう言うと、白い歯を見せてニヤリと笑った。

三町（約三百二十七メートル）彼方の森の陰から、騎馬武者二騎を先頭にした深溝松平隊が整然と姿を現した。

大久保隊は足を止め、射手一人、足軽一人の三組に分かれた。街道の左右、思い思いの場所に陣取り、鉄砲に弾を装塡して大久保の発砲命令を待った。

茂兵衛は大久保と組んだ。大久保は、幹が地上三尺（約九十センチ）のところで二股に分かれている灌木《かんぼく》を見つけ、駆け寄った。

「よう聞け。俺が狙って撃つ間に、おまんがもう一丁に弾を込める。ええな？　で、おまん鉄砲の弾込めをやったことは？」

勿論、未経験だったから、大きく頭《かぶり》を振った。

「今から俺が込めてみせるで、見て一度で覚えろ」

と、狭間筒を銃口（巣口《すぐち》）を上に、両股で挟み込むようにして固定した。

「これが早合《はやごう》だ。この中に鉛弾《なまりだま》と火薬があらかじめ一緒に入っとる」

大久保は長い紐に幾つもぶら下がっている二寸（約六センチ）ほどの細い竹筒の中身を銃口から銃身に注ぎ込み、カルカ（槊杖《さくじょう》）で数回突き固めた。

次に、火皿《ひざら》に口薬《くちぐすり》を注ぎ、火蓋《ひぶた》を閉じる。

最後に、火縄箱から燃えている火縄を取り出し、カチリと音がするまで起こした火挟《ひばさみ》に火縄を差し込んで留めた。

「これで火蓋を切り、引鉄《ひきがね》をひけば弾が飛び出る。この状態で俺に渡せ……覚えたか？」

「……へい」

頭の中で大久保の動作を反芻《はんすう》しながら答えた。

「よし、そっちの鉄砲でやってみせろ」

と、大久保が六匁筒を顎でしゃくった。

目の端に、深溝の大部隊が徐々に近づいてくる光景が映り込み、六匁筒の銃身を持つ手が少し震えた。

「大丈夫だら。慌てずにゆっくりやれ」

「へい」

大久保に倣《なら》い、両股で挟むようにして六匁筒を固定した。

早合を傾け、銃口に注ぐ。初めにザラザラと粒状の火薬が流れ出し、それが終わると最後に鉛の弾がゴトリと銃口にはまった。だが、銃口に止まったままだ。奥まで入って行かない。

「カルカで突き入れるんだ。力は要らん。押せば入る」

銃身の内側をこするようにして、鉛弾は最深部へと押し込まれた。幾度かカルカで突いて火薬を固める。

火皿に口薬を注ぎ、火蓋を閉じ、その後に火縄を火挟に取りつけた。

その間にも敵勢は接近している。足音が伝わってくるようだ。

「うん、覚えが早いな」

と、大久保は満足げに頷きながら、狭間筒を灌木の二股に載せ、深溝勢に向けて狙いを定めた。片目を閉じることはない。両目を開けたままだ。銃口がやや上方を向いている。距離は二町（約二百十八メートル）ほどに近付いたか。

（に、二町だと？　兎は一町半だったんじゃねェのか？　ま、兎よりヒトの方が的がデカいか……）

大久保四郎九郎は、しばらく黙って照準していたが、やがて──

「お、あの男は知っとる……深溝城で挨拶したことがあるら。嫌だなァ……なぜ三河衆同士で殺し合わねばならんのか……」

そう小声で愚痴をこぼした刹那、ド～ンと発砲した。

茂兵衛の感覚では、二呼吸ほども間があって後、先頭を行く騎馬武者の一人がビクンと弾かれ、馬の背後にもんどり打って見えなくなった。

「ナンマンダブ、ナンマンダブ、ナンマンダブ……」

大久保は瞑目して早口に五回称名すると、茂兵衛に向き直り、なぜか睨みつけ、狭間筒を渡し、最後に六匁筒を引ったくった。

深溝側は大混乱に陥っていた。こちらを指さし、何事かを叫んでいる。

まさか二町も離れたところから「狙撃され、命中し、犠牲者がでる」とは思ってもみなかったのだろう。通常、鉄砲の威力を恐れるのは半町（約五十五メートル）より近付いてからであり、それだけ狭間筒の威力が図抜けているということだ。

富山も神崎もそれぞれに撃ち始めていた。二人とも鉄砲は六匁筒なので、狭間筒よりさらに上方に向けて発砲する。大久保も六匁筒を撃ったが、敵に損害を与えた様子は見えなかった。ただ、それでも大きな銃声が湖面に轟いて、実際に犠牲者を出している敵兵を震え上がらせた。一時的にせよ、深溝隊の前進は止まったのだ。茂兵衛は急いで狭間筒に弾を込め、大久保に渡した。

大久保はまた両目を見開いたまま照準する。

混乱する深溝隊の中にあって、立派な鍬形《くわがた》の兜を被った騎馬武者が一騎、采配を振るい、雑兵たちを落ち着かせようと躍起になっている。

「ああ、奴も知っとる。深溝松平の重臣《おとな》だら。確か植村《うえむら》とか、植松《うえまつ》とか……」

そこまで呟いたところでド〜ンと撃った。

（この男、なぜ喋りながら撃つ？　しかも、当てやがる）

と、茂兵衛は呆れたが――ま、大久保なりの集中法なのだろう。

一瞬、植松だか、植村だかの顔が真っ赤に染まって落馬した。どうやら、銃弾が顔面を直撃したらしい。

「ナンマンダブ、ナンマンダブ、ナンマンダブ……」

五回唱え終えると、神崎と富山に向かい「半町、下がるぞ」と一声怒鳴り、茂兵衛に狭間筒を押し付け、代わりに六匁筒を引ったくると走り出した。

遠距離射撃で敵勢の進行を遅らせること数回、その度に後退してまた撃った。

敵側からも数丁の鉄砲が撃ち返してきたが、茂兵衛が胆をつぶすような至近弾は一発もなかった。それほど往時の鉄砲の精度は酷いもので、むしろ大久保四郎九郎の腕前が異常なのだ。

時は稼いだが、徐々に彼我《ひが》の距離は狭まってきている。もう先頭の武者の顔が見分けられるほどだ。相手が、大久保隊の鉄砲に怯えている様が表情でよく伝わってきた。

それでもまだ、彼らは走り出そうとはしなかった。野場城まで残り数町、鉄砲でさらに数名が被弾することになっても、ここで慌てて突撃し、隊列を乱したくはないのだろう。一旦組織性を放棄して突撃となれば、軍隊は規律を失い単なる群衆と化す。敵将松平又八郎伊忠の、指揮官としての強靭《きょうじん》な胆力を感じさせる采配と言えた。

ただ結果として、これにより野場側は、援軍を城に入れるための時を稼ぐことができた。もし又八郎が本證寺や勝鬘寺からの援軍がすぐそこまで来ていると知っていたら、或いは、今の段階で突撃を命じていたのではなかろうか。そうなったら、援軍を受け入れるために城門を開くべきか否かで、守将夏目次郎左衛門は大いに悩んだことだろう。現状、敵将の胆力が、皮肉にも野場城側を利することになっている。今朝、追撃を後回しにして六栗を焼いたこととも相まって「敵将松平又八郎、存外に与《くみ》し易し」と茂兵衛には感じられた。

次の陣地で茂兵衛が、装塡し終えた狭間筒を大久保に渡したとき、一町（約百八メートル）彼方の敵側で、十数名が脇にそれ、森に入って行くのが見えた。

「大久保様、奴ら森に入りましたぜ」

森の中を迂回し、至近距離から狙撃隊を襲撃する腹とみた。

「糞ッ、別動隊《なかいり》か……森の中じゃ鉄砲は不利だな」

と、大久保は野場城の方角を振り返って見つめた。

その場所からは、盛り上がった山裾《やますそ》が邪魔となり、野場城は見通せない。大久保はその丘のようになっている地点に足軽を一人立たせていた。彼の位置からなら野場城がよく見える。援軍が城に入ったら幟《のぼり》を振って報せる手筈になっていたのだが、まだ幟が振られる様子はない。

「茂兵衛、おまん、脚には自信があるな？」

「へい。そこそこには」

「おい、三郎太《さぶろうた》！」

と、大久保が富山の通り名を叫んだ。

「おまんら四人は城へ戻れ！　俺と茂兵衛は後から行く」

「承知ッ！」

茂兵衛は、城へ戻る辰蔵に槍と陣笠を託した。重い狭間筒を抱えて走らねばならない。少しでも身軽になっておきたかった。

大久保が撃った狭間筒を受け取り、六匁筒を渡した。今や六匁筒でもほぼ水平にして撃っている。ということは彼我の距離は半町（約五十五メートル）以内になっているということだ。

「合図はまだか？」

「まだですら！」

「茂兵衛、あそこの松まで下がるぞ」

と、大久保が命じた刹那、右手の森から十数名の抜刀した徒武者が、鬨《とき》の声をあげ走り出てきた。大久保は機敏に銃口をそちらに向け、先頭を走る兜武者を狙い、冷静に撃ち倒した。

その時、遥か丘の上で、夏目家の家紋を染め抜いた幟が、激しく打ち振られるのが目に入った。夏目家の家紋は、井桁に菊花である。

「大久保様！」

「よし、走るぞ！　城門まで足を止めるな！」

大久保が走り出し、茂兵衛もこれに続いた。背後から十数名が追いかけてくる。敵側には今まで撃たれ続けた憤懣《ふんまん》が溜まっていよう。捕まれば八つ裂きにされるのは間違いない。

さらに後方で、陣太鼓が鳴り始めた。二百人の兵《つわもの》が、一斉に走り出す地響きが伝わってくる。ただ、すでに援軍は城に入っているのだ。

(ざまを見ろ! 今さら走っても遅いわ)

野場城に向かって走りながら、心中で悪態をついた。

城門まで三町(約三百二十七メートル)走った。流石の茂兵衛も気力体力の限界寸前であったのだが、ただ途中から背後の足音は聞こえなくなっていた。敵の城が近付いたため、深追いを避けたのだろう。代わりに数発の鉄砲が発射されたようだが、弾が過《よぎ》る音さえ聞こえなかった。

狭く開かれた大手門を駆け潜ると、すぐに背後で門扉《もんぴ》が閉じ、閂《かんぬき》がかけられる重い音が響いた。

城内の士気は大いに高まっていた。三十数名の援兵が一兵も損ねることなく、無事入城したのであるから当然だ。これで城内の兵力は七十以上になった。堅城を寄せ手の三分の一の兵力で守る——定石通りだ。いい勝負となりそうだ。

大久保と茂兵衛も、歓喜興奮した城兵たちから揉みくちゃにされた。その後、歓喜の輪を抜け出ると、辰蔵が笑顔で出迎えてくれた。自然に抱き合うと、互いの鉄胴《かなどう》がガチリと音を立てた。相棒と二人、健闘と無事を喜びあった。

四

城内では、援軍の兵を含めたほぼ総員が、各々好みの武器を手に、土塁上の柵の根方へ座り込んだ。

「ボ～ッと立つな。できるだけ身を低くせよ」

と、かねてより次郎左衛門が厳命していたからだ。柵の中にいても油断はできない。寄せ手から鉄砲を撃ち込まれたり、矢で狙われたりすることがある。柵は決して壁ではない。丸太と丸太の隙間は、一尺（約三十センチ）以上も開いている。

大久保の鉄砲隊から小頭の榊原の指揮下に戻った茂兵衛と辰蔵は、大手門の東側で、菱池へと連なる辺りの柵に配置された。この辺りの環濠は、乱杭の埋設が間に合っていない上、大久保以下六人が上る大手門上の矢倉と、富山ら四人が上る東の城門の矢倉のちょうど中間辺りに位置する。

「ふん、敵が一番集中しそうな持ち場だら」

と、榊原が不満そうに呟いた。

柵の間からうかがうと、城外では深溝松平勢が、城から十分な距離をとって湖畔のわずかな平地に整列している。どうも夏目側の狙撃を恐れているようだ。大久保の長距離狙撃の助手を務めた茂兵衛としては、気分がよかった。ただ、重装した二百名の勢揃いは壮観で、威圧感がもの凄かった。

（あんな数が一斉に攻めてきて、本当に、この柵で大丈夫かいな？）

と、不安になり、丸太を叩いて強度を確かめてみた。根方はかなり深く土塁に埋め込まれており、強く押してもグラつくことはない。感触的には堅牢そうだ。

目の端にふと、動く重扇《かさねおうぎ》の紋所が見えた。

一騎の騎馬武者が、幟を背負った足軽一人を連れ、敵陣から進み出たのだ。重扇は深溝松平の家紋である。

騎馬武者は兜を脱ぎ当世袖を外していた。武器も持っていない。沢瀉縅《おもだかおどし》の美麗な胴丸、草摺、大きな佩盾《はいだて》を見れば、ひと目で高位の武将と知れた。年格好は二十代後半か。大久保四郎九郎と年が近そうだ。

「あれが、深溝の又八郎様よ」

榊原が小声で言った。敵将松平又八郎伊忠、その人である。

「え、敵の大将ですかい？　て、鉄砲で撃たにゃ！」

と、矢倉を見上げた辰蔵を榊原が押し止めた。

「たァけ。相手は兜も袖も脱いできておる。あれは談合しにきたんら。それを撃ったら、うちの殿様は末代まで物笑いになる」

又八郎に呼応して、城内からは主将の次郎左衛門が、大手門上の矢倉へと駆け上った。

「次郎左衛門殿、この戦は不毛じゃ。三河者同士、理不尽な戦いは止めようぞ」

「又八郎殿、貴殿こそ弥陀に弓引くのはお止めなされ」

「ワシも念仏じゃ。御同行の御同胞じゃ。阿弥陀如来に弓引く気など毛頭ないわ。ただな、生臭坊主《なまぐさぼうず》共と弥陀は別物じゃ。坊主共は酒を呑み、肉を食らい、女を抱いては安逸《あんいつ》を貪《むさぼ》っておる。我らとなんの違いがある。そんな奴らが弥陀の代人か？　仏《ほとけ》の使いか？　笑止千万。神仏の名を騙《かた》る、大盗っ人よ」

それを聞いた深溝勢から歓声があがった。具足の胸を、槍の柄や拳で叩いて音を立て、又八郎への賛意を表した。

（ま、言われてみれば……その通りだら）

と、茂兵衛は心中で苦笑した。現に、本證寺の空誓は本願寺蓮如《れんにょ》の孫と聞く。女と媾《まぐわ》らずして子や孫はできまい。

「又八郎殿、勘違い召さるな。ワシらはなにも僧侶に命じられて嫌々一揆に加担しておるわけではないぞ。各々『己が信心を守るために』と自発的に立ち上がったまでのことよ」

今度は城内の人々が歓声をあげ、甲冑を打ち鳴らして次郎左衛門に同調する。

「岡崎様が一度でも、貴公らの信心を妨げたことがあるのか⁉」

「御先代の広忠公は三河三ヶ寺を〝諸役免除〟〝守護不入〟の寺として尊重された。広忠公の深い御信心の表れである。しかるに当代家康公は、その特権を剝奪し、寺内町に課税しようとされておられる。これはてて親の心を蔑《ないがし》ろにする、大不孝ではないのか⁉」

「矢銭を求めたのは一度きりじゃ！」

「一歩譲れば、二歩、三歩と譲ることになる」

「あれま、次郎左衛門殿は、よほどの心配性じゃのう」

深溝勢が哄笑《こうしよう》し、一斉に囃し立てた。

「今まで又八郎殿とは、嫌な思い出がただの一つもない。よって戦を始める前に、一言忠告させて頂く。我ら城兵百名、誰一人死を恐れてはおらん」

無論、百名はハッタリである。城内の兵力は七十数名といったところだ。女子

供を合算してようやく百人か。死を厭《いと》わぬ兵

「弥陀を守る戦で死なば本望。極楽往生は定まっておるからじゃ。死を厭わぬ兵は手強いぞ。悪いことは申さん、野場城を攻めるのは諦められよ」

城兵一同、拍手喝采である。

「言いたくはなかったが、夏目次郎左衛門よ。主人家康公に弓引いて、貴公はそれでも武士か⁉」

「君臣の縁は一代限り。弥陀との縁は未来永劫なり！　流石のワシも無間《むけん》地獄は怖い。ナンマンダブ、ナンマンダブ、ナンマンダブ」

議論に忠義云々を持ち出され、次郎左衛門が念仏に逃げた。やはり武士として触れられたくはない論点なのだろう。次郎左衛門に倣って城兵たちも一斉に称和し始め、辺りは異様な空気に包まれた。

——ナンマンダブ、ナンマンダブ、ナンマンダブ。

傍らで辰蔵と榊原以下、同僚足軽たちがみな瞑目合掌し、称名を始めた。足軽の幾人かは感極まり、念仏が涙声になっている。

（ま、参ったなァ）

茂兵衛も榊原に「実家は念仏でした」と大嘘を伝えている都合上、合掌して調

子を合わせることにした。

「ナンマンダブ、ナンマンダブ、ナンマンダブ」

六字名号《ろくじみょうごう》を繰り返すだけだから、門外漢《もんがいかん》にもやってやれないことはない。

菱池の静かな湖面に、百人近い男女の称名が流れ、霞《かすみ》のように漂った。

取りつく島がない——そう見なした又八郎は馬首を巡らし、帰陣していった。

大将と入れ違いに、大手門前に八名の鉄砲隊が並んだ。物頭の号令で水平よりやや上方に照準し、いきなり斉射した。

轟音がとどろき、硝煙が湧く。城内の念仏がピタリと止んだ。

大手門上の矢倉に二、三発が命中した。矢倉に敵の弾や矢が集中するのは分かっているので、竹を束にした弾避けを隙間なく並べて防御してある。その竹束盾からバタバタとけたたましい着弾音が聞こえてきた。ただ、この近距離で撃って、当たったのは八発中で二、三発——相変らず、深溝の鉄砲は下手糞だ。

鉄砲の発射と同時に、一斉に鬨の声が上がった。鐘が鳴り、太鼓が叩かれた。二百人のうちのおおよそ四分の三——百五十人ほどが野場城の土塁へと殺到してきた。

茂兵衛の正面にも十人ほどがやってきた。柵の中からも、環濠の外側に並べた逆茂木を乗り越えようとする敵の顔がよく見える。誰も表情が硬く、引き攣《つ》ったような、笑うような——地獄の亡者を連想させる恐ろしげな顔だ。

「まだ頭を下げておれ。土塁を上り始めた敵から順に槍で突け！」

と、榊原が土塁に沿ってゆっくりと歩きながら、大声で下知した。

この段階ではまだ、茂兵衛たちにやるべきことはない。

柵の中から三間（約五・四メートル）の長柄槍で突こうにも、環濠の先や底には届かないのだ。大石を投げ落とす手もあるし、現に柵の脇には大量に集積してあるが、攻防が長びくと、落とした石が積み重なって濠が浅くなりかねない。

今は、三ヶ所ある矢倉から、鉄砲と弓で狙うしかない。逆茂木を乗り越えるときは動きが止まるから、精々十間（約十八メートル）以内の距離にある矢倉からの弾は敵の体のどこかには当たる。それも、陣笠の足軽より兜をかぶった物頭級ばかりを狙うのだ。深溝勢の指揮命令系統を寸断破壊する目的である。茂兵衛が見る限りでも、すでに二人の兜武者が悲鳴を上げて倒れ、従者に引き摺られて戦場を離脱している。

ただ、敵もそれが分かっているから、冷静に照準ができないよう、常に矢倉を狙って撃ちかけてくる。矢倉を囲んだ竹束は、よく弾を防ぐが、着弾する毎にバタバタと物凄い音をたてた。矢倉に上っている連中は、さぞや胆を冷やしているに違いない。

ガチッ！

柵の上部で音がした。見上げると丸太と丸太の間に渡された横木に、大きな鉄製の熊手が引っかかっている。熊手には太い縄が結び付けられており、環濠の下から引っ張っている様子だ。

「縄を切れ！　柵を壊されるぞ！」

また、縄を頼りに、敵兵がよじ上ってくることも考えられる。いずれにせよ、一刻も早く縄を切らねばならない。

「そこ！　茂兵衛、上がってくるぞ！」

首を伸ばしてうかがうと、二人の敵足軽が縄を伝って急坂を上り始めている。

「やめい！　来るな！　死に急ぐな！」

と、城側の誰かが声をかけたが、足軽は返事をしない。黙々と上ってくる。一人はブツブツと南無阿弥陀仏まで唱えている。

「弥陀に弓引いておいて、ナンマンダブとは聞いて呆れるわ。なんぼ弥陀が御寛容でも、おまんだけは無間地獄だら！」

と、傍らで辰蔵が、環濠を覗きこむようにして怒鳴りつけた。見上げた敵足軽が、実に嫌な顔をして辰蔵を睨んだ。

（ナンマンダブとナンマンダブで殺し合いかい……世も末だら）

西三河は念仏の盛んな土地柄である。敵将の又八郎以下、寄せ手の多くも一向門徒なのだ。

「があ～ッ」

縄を上っていた敵足軽の一人が転がり落ちた。城兵に顔面を槍で突かれたらしい。環濠の底で大の字になった顔が見る間に赤く染まっていく。

辰蔵の槍は菊池《きくち》槍だ。槍の穂先が片刃の短刀状になっている。柵の間から穂先を突き出し、熊手の縄を引き切った。もう一人残っていた敵は、縄もろとも環濠の底へと落ちていった。

これで敵は、環濠からなかなか這い上がってこられなくなった。

傾斜がきつい土塁を無理によじ上っても、どうせ上から槍で刺されるだけだ。逆に、環濠の底なら城兵の槍は届かない。となれば、上ることを躊躇《ためら》ってしまうのが人情というものだろう。

ただ、それでも矢倉からは狙われている。環濠の中に遮蔽物《しゃへいぶつ》はないから、一人また一人と撃ち倒されていった。

「下を覗いてみろ、敵に持備《もちぞなえ》はあるか？」

持備は持ち運びのできる小型の盾である。鉄砲の弾は貫通するが、矢は防ぐことができた。携帯式の攻城用具だ。

「ンなもの持ってねェです」

「そら酷い……環濠の中は地獄だら」

と、榊原が敵兵に同情を寄せた。

上れば刺される。留まれば撃たれる。もう引き返すしかなさそうだが、茂兵衛が見る限り、逃げ出す弱兵はいなかった。寄せ手はまだまだ意気軒昂《いきけんこう》ということなのだろう。戦はまだ始まったばかりだ。

茂兵衛は槍を換えることにした。

三間の長柄槍は使い辛くて仕方がない。どうせ三間あっても環濠の底には届かないのだ。上ってきた敵と対峙するなら、一間半（約二・七メートル）程度の持槍の方が手に馴染んでいる。柵に立てかけてあった槍足軽用の持槍を摑み、自分の長柄槍と交換した。

「助太刀、頼む！」

必死の声に振り向くと、隣の持ち場では、すでに土塁を上りきった数名の敵足軽が柵に取りついているではないか。

茂兵衛は辰蔵に一声かけてから、隣の持ち場へと急行した。

一人はもう柵を上り切り、今や乗り越えようとしている。茂兵衛は槍を構えた。柵の上なら一間半の持槍でも十分に届く。

（さて、どこを狙うか？　どこを刺せば倒せる？）

相手は、茂兵衛と同様に足軽用の軽微な具足を着用している。胴と草摺以外ならどこでも刺し貫けそうだ。亡父は「胴と草摺の間は揺糸《ゆるぎのいと》で吊ってあるだけで、狙い目だ」と言っていた。下腹を刺し貫けば、即死しないまでも、いずれは死ぬし、とりあえず動けなくなるはずだ。

（ほんじゃ、親父の言うとおり……）

と、柵を乗り越えようとする敵の腰を狙って穂先を繰り出した。一瞬、相手と目が合った。今から自分が刺されることを悟った目だ。恐怖と諦めと覚悟——そんな感情の入り混じった異様な目つきだ。

ガチッ。

力み過ぎた。胴と草摺の間隙を狙ったのだが、わずかに上を突いてしまったようだ。槍の切っ先が鉄の胴に弾かれ、滑った。滑った穂先が、ちょうど敵の脇の下へと潜り込む。

(し、しまったァ!)

敵に槍の柄をがっちりと抱え込まれ、茂兵衛は動揺した。相手の力が直に伝わってくる。相当な膂力《りょりょく》だ。

「くそッ」

と、引いたが、相手も柵の上で踏ん張る。槍の引き合いとなった。

(落ち着け茂兵衛……力任せは駄目だら。頭を使え!)

そう自分に言い聞かせ、槍を一度引いた。相手が踏ん張って重心が後ろにかかったところを見計らい、槍を前へと突き出した。

「うわッ」

と、叫んだ敵は柵から転落、一度土塁上で弾んだ後、環濠の底へと転がり落ちていった。柵の上からだと環濠の底まで、都合五間(約九メートル)以上ある。そこを滑落したのだから、無事ではすんでいまい。

「たァけ!」

耳の横で怒鳴られ、茂兵衛はわずかに跳び上がった――榊原だ。

「ワシは、おまんに言うたはずだら！　力むと槍先は狙いより上に行くとな！」

ゴン！

陣笠の頭頂部を殴られ、首が肩にめり込んだ。

「五分と五分の勝負で、今みたいなことしとったら、命が幾らあっても足らんぞ！」

「す、すんません！」

「おまん、ワシの教えを無視する気か⁉」

今度は左頰をつねり上げられた。

「イテテテテ」

両頰をつねられなかったのは、榊原自身、左手が槍で塞がっていたからに相違ない。

「や、そんなこたァねェですら。ちょびっと忘れてただけで……」

ゴン！

また殴られた。後頭部がジーンと痺れ、少し眩暈《めまい》がした。

「おまんは、まだまだド百姓のド素人《しろうと》だら。今後寝る前に千回ずつ、槍で的を突く鍛錬をせい！　終わるまで寝るな。もしさぼったら、この耳を喰いちぎってくれるぞ」

「み、耳を⁉」

ゴン！

「た、叩かねェで下せェ！　俺、ちゃんとやりますから……」

半分涙声になった。もう首と頭がもたないと思った。怖い兄貴に殴られ泣いていた丑松の気持ちがよく分かった。

「必ずせいよ！　ええか⁉　生きてこの城を出たかったら、死にとうなかったら、ワシの言うた通りにせェ！」

「へ、へい！」

その日の夜以降、就寝前に千回ずつ、的に向けて槍を突き出す――これが茂兵衛の日課となった。

五

「おい、一人入ったぞ。誰か行け！」

戦闘中、東城門の矢倉から誰かが叫んだ。開戦から五日ほどが経っていた。

見れば敵の兜武者が一人、柵を乗り越え、すでに城の中へ飛び降りている。寄せ手に城内への侵入を許したのは、これが初めてのことだ。

柵を上る邪魔になったか、槍は持っておらず、腰の刀を抜いて身構えていた。近くにいる城兵は茂兵衛だけだ。是非もなく、槍を構えて突進した。

打刀と持槍の勝負、武器に関しては完全に茂兵衛の方が有利だ。毎晩就寝前に欠かさない槍の鍛錬の成果を見せるよい機会でもある。

ただ、相手は日輪の前立の兜をかぶり、立派な当世具足で身を固めている。どこを突いても槍先が弾かれそうな印象だ。

兜武者は半身に構え、やや腰を落とした。左肩の袖を前側に垂らし、顎を引く。襟元や脇の下、腰回りなど「当世具足の弱点」と言われる個所をすべて巧妙に隠している。面頰《めんぽお》は総面《そうめん》で、顔全体を覆っており、表情も読めない——要は、隙がないのだ。

（なんだ、こいつ……木っ端《こぱ》武者ではねェらしい）

兜武者は刀を斜めに小さく構えている。槍を相手に、短い刀を大きく振り回す気はないらしい。これも理にかなった戦い方だ。

（突いて、もし切っ先が鎧に滑ったら、柄を摑まれそうで嫌だな）

先日、柵のところで槍の柄を摑まれて往生した不快な記憶が蘇る。もう榊原から怒鳴られ、殴られるのは御免だった。

（ならば……）

——甲冑の上から叩くことにした。

雑兵用の持槍だが、それでも硬く重い太刀打《たちうち》の辺りで叩けば、相当な痛手を与えられるはずだ。相手の体勢が崩れれば、突き刺す隙もでてくるだろう。

太刀打とは、槍の穂の茎《なかご》が埋まっている口金《くちがね》から血溜《ちだまり》に至る重く堅牢な部分を指す。槍で叩くときは、太刀打で殴るのが鉄則だ。

（大きく振らずに叩き続ける。手数の勝負だら……野郎が倒れるまで叩くぞ）

と、一歩踏み込むと同時に、槍を振り下ろした。

「おりゃ！」

ゴン。

頭形《ずなり》の兜から日輪の前立が外れて飛んだ。茂兵衛の馬鹿力で兜を痛打された敵がよろめく。

（まだまだ、これからよ！）

連続して幾度も幾度も叩き続けた。堅牢な兜の上からだから一撃必殺とはいかないが、相手にしてみれば、鈍器で殴られるような衝撃が繰り返され、たまらないはずだ。

ついに、兜武者はガックリと片膝をついた。それでも茂兵衛は、叩くのを止めない。このまま叩き続ければ、ほぼ勝てる。殴り殺してもいいとさえ思っている。

（前のと合わせて、兜首を二つか……悪くねェ。上出来じゃねェか。この分なら早々と侍になれそうだら。馬に乗って村に帰ったら、おっかあもタキも腰を抜かすぞ）

瞬間、敵が刀を捨てた。

「ええッ⁉」

兜武者は上体を起こし、鍬形虫《くわがたむし》のように両腕を大きく広げた。振り下ろされた茂兵衛の槍を肩の当世袖で受け、柄を担ぐような格好でがっちりと摑んだ。

（しまった！）

振り回そうとするが、しっかり握られており二進《にっち》も三進《さっち》も行かない。兜武者は左手と左肩で槍を支えつつ、右手で捨てた刀を拾った。

これで形勢逆転だ。

後は、槍を手繰って間合いを詰められ、切っ先が届く距離となれば、茂兵衛は刺し殺される運命だ。周囲をうかがったが、助太刀に駆けつけてくれそうな味方はいない。誰も己が眼前の敵の相手で精一杯なのだ。

構えた槍に力が伝わった。ググッと引き込まれる。そうはさせじと両足を踏ん張った。漢《おとこ》と漢が、槍の柄の両端で引きあい、睨み合っている。面頬の奥で光る両眼の殺意が凄まじい。

(どうする? 俺も刀を抜くか? や、刀なんぞ使ったこともねェ。侍相手に不慣れな刀を振り回したって勝てるもんか)

戸惑う茂兵衛を尻目に、相手が先に動いた。

数歩進んで近づき、渾身の力で刀を振り下ろしたのだ。

ガシャッ。

槍の柄と鉄笠でかろうじて防いだが、刀が笠をもろに叩き、茂兵衛の頭と首筋が悲鳴を上げた。

(このままじゃ殺《や》られる。槍で繋がってるかぎり俺も野郎から逃げられん。奴も一か八かで刀を捨てたんだ。俺も覚悟をきめよう!)

思い切って槍から両手を離した。睨み合った敵の目に、明らかな動揺が走る。茂兵衛は大きく踏み込み、抱き着くようにして相手の当世袖を摑んだ。——袖でも草摺でも、摑めるものは摑んで思いっきり振り回せ。相手の体勢を崩せば勝機が見える。

と、榊原から教えられた通りに、摑んだ袖を振り回した。

茂兵衛は膂力自慢である。敵は茂兵衛を軸としてぐるぐると振り回され、刀を突き出す余裕さえないようだ。少し目が回ってきたが、休まずに振り回す。やがて敵の足がもつれ始めた。兜武者は、左手に握った茂兵衛の槍を離そうとしなかったが、それが彼に災いした。やがて取り落とした槍の柄を跨ぐかたちとなり、足を取られて転倒したのだ。

茂兵衛は刀を抜き、兜武者に跳びつき、馬乗りとなった。機敏に左膝で敵の右腕を踏み敷き、刀を封じた。

兜武者が左手で、刀を握った茂兵衛の右腕を摑んでくる。袖口を縛った紐に指を通され、なかなか振り払えない。

左手で敵の顔を、面頰の上から強《したた》かに殴りつけた。茂兵衛の拳も相当痛かったが、一瞬、兜武者の力が緩んだので、摑まれていた右腕を振りほどいた。これで刀が使える。

「下郎がッ！」

と、茂兵衛の下で兜武者が叫んだ。下郎——足軽風情に組み敷かれているのがよほど屈辱だったのだろう。しかし、これは逆効果だった。下郎と侮辱され、茂兵衛には遠慮が要らなくなったのだから。もしここで「助けてくれ」とか「殺さないでくれ」と言われていたら、茂兵衛は、止めを刺すのを躊躇ったかも知れない。

面頬下部の垂《たれ》が跳ね上がり、わずかに白い肌がのぞいた。それがどこなのか頭がボウッとしてよく分からなかったが、なにしろ見えた素肌らしき場所に向け、刀の切っ先を突き立てた。

「ぐえッ」

血しぶきがあがり、兜武者の体から徐々に力が抜けていくのが分かった。おそらく、垣間見た肌は喉だったのだろう。

茂兵衛は動かなくなった兜武者の上で眩暈を覚えた。息が切れ、頭がズキズキと痛んだ。少し吐き気もしていた。

刀を放り出し、頭を地面につけるようにして、死体の傍らに寝ころがった。

（そういえば、音がしない）

さっきまで聞こえていた銃声や鬨の声、敵味方の怒号などが一切聞こえてこない。両耳を手で押さえられたような感じだ。静寂の中に茂兵衛は横たわっていた。いつの間にか陣笠が脱げている。槍も刀もその辺に転がっているのだろうが、どうでもいい。

（人一人殺すのも、随分と骨が折れるものだらァ）

撲殺した倉蔵以来、直接間接に幾人かは殺したのだろうが、一対一で対決した挙句に、制圧して組み敷き、刺し殺したのは初めてのことだった。

人心地がついたのでゆっくりと身を起こした。

榊原が走ってくるのが見えた。血相を変えている。また殴られるのかと不安が過《よぎ》った。榊原は、茂兵衛の傍らにうずくまると、必死の形相でなにかを怒鳴り始めた。

（小頭、なにを言ってるのだろう……俺、耳を悪くしたのかな？）

急に戦場の騒音が戻ってきた。榊原が「おまんが倒したのか？」と傍らの遺体を指している。

「へい」

と、答えると「すぐに首を獲れ」と叱られた。

「や、首なんか要らんですら。人の首を切るなんて……俺ァまっぴらだ」

「たァけ！」

叩かれるかと思ったが、なぜか今回は殴られなかった。

「兜首、それも立派な武将の首だ。横山軍兵衛《よこやまぐんべえ》殿……ワシみたいな軽輩《けいはい》でも知っとる深溝松平の重臣《おとな》だら！　おまんが獲らんのなら、ワシが獲るぞ！　早う首を獲って柵へ来い！　人手が足りん！」

それだけ言い残すと、榊原は槍を下げ、激戦の続く柵へと駆け戻っていった。

「……」

茂兵衛はふらつく体を無理にひき起こし、横山軍兵衛とやらの遺体を上からのぞき込んだ。

（小頭、なんで殴らなかったんだろうか？）

と、少し考え込んだが、今はそれ以上の大仕事が待っていた。

（どうしよう……首なんて、どうやって切るんだろう？）

途方に暮れた。

手足を伸ばして横たわる体――確か、横山軍兵衛と聞いた――は、思った以上に大柄だった。戦っている間中、横山は両脚を踏ん張り、腰を落として構えていた。茂兵衛が相手を小柄に感じた所以であろう。

（首を掻っ切るのに、兜は脱がせるのかな？　面頬と垂が邪魔だら）

兜の眉庇《まびさし》を摑んで少し揺すってみたが、首ごとグラグラするだけで、脱げる様子はない。見れば太い兜の緒《しのびお》が、面頬の下でガッチリと結ばれている。

（こ、これか……）

面頬の下で、横山の両眼は見開かれたままだ。茂兵衛は大きくため息をついた。自分が倒した相手だ。さほどに怖くはなかったが、いい気分ではない。

まず、面頬にかけられた赤く太い紐を上に摺り上げて外した。面頬と垂を吊っている細い紐を二ヶ所で切ると、兜と面頬と垂が一挙に外れた。

現れたのは四角い顔をした壮漢だった。年は三十前後、相変らず目は見開かれており、口からは鮮血が溢れ、口髭を朱に染めていた。

（これでいい。後は首を切るだけだ……なに、鮒《ふな》の頭を落とすと思えば、なんてこたァねェら）

と、体の上に馬乗りとなった。

「……成仏するだら」

瞑目合掌した刹那、ドンと横から突き飛ばされ、茂兵衛は地面に転がった。おそらくは援軍の一人と思われる見知らぬ足軽が、横山の遺体にのし掛かっている。手慣れた様子でさっさと首を切り取ってしまった。彼と目が合った。

「おまんがグズグズしとるからじゃ。確かに『要らん』とも言うとったぞ。ワシが頂く。もらい首じゃ！　早い者勝ちだら！」

そう叫ぶと、足軽は切り取った血の滴《したた》る首級を高々と掲げて笑った。

六

攻防はその後も断続的に続いた。昼を過ぎ、流石に攻め疲れた深溝勢は、未《ひつじ》の下刻（午後二時台）までには潮が引くように去っていった。

城兵の疲労も限界を超えていた。厠《かわや》に立つ者以外は誰も死体のように横たわっている。無論、その内の幾人かは、本物の死体であった。

「おまんは、たァけだら！」

傍らの辰蔵から酷くなじられた。

「やかましいわ。耳元で怒鳴るな」

茂兵衛は、辰蔵のことを相棒だと思っているが、今だけは放っておいて欲しかった。それほど疲れていたのだ。

「どうして自分で首を獲らなんだ？　ま、おまんが一人で兜首を倒したのは証人がようけおるから大丈夫だろうさ。でもな、首を獲った野郎と功を分け合うことになるら。勿体なかろうが」

「別にいいがや」

「ようないわ！」

あの時は本当に精も根も尽き果てていたのだ。横山軍兵衛との激闘で疲労困憊しており、首を獲る余力など微塵《みじん》も残っていなかった。しゃしゃり出た援軍足軽が、首を掻き切ってくれたときには、心底から「助かった」と感謝したほどだ。

（それにしてもさ）

この戦は、信仰を守るための戦いだ。夏目次郎左衛門以下、足軽の末に至るまで、野場城兵の弥陀への思いに嘘偽りはない——はずだ。心底から阿弥陀仏へ帰《き》依《え》している人々である。

しかし、横山軍兵衛の首を掻っ切った足軽に容赦はなかった。死者の魂への尊崇や畏敬の念など、微塵も感じられなかった。村では粗暴と嫌われていた無信心な茂兵衛の方が、少なくとも死者に両手を合わせただけ、まともではなかったのか。弥陀の名を唱えながら人を殺す――仏は、この行為をどう観念し、総括しているのであろうか。

若い足軽が敵の重臣《おとな》を一騎打ちで倒した話は、野場城内に広く拡散していた。わざわざ勇者を見学にくる者までいて、今や〝足軽茂兵衛〟の名を城内で知らぬ者はいないほどだ。

「あの……足軽衆の茂兵衛さんは、どちらに？」

と、訊ねる声が耳に入った。

（ん？　どこぞで聞いた声だら）

うかがい見ると、そこには見慣れた顔が――丑松だ。茂兵衛と同じような足軽装束で、腰には刀まで佩《お》びている。

「おい、丑……俺ァここだ」

すぐに身を起こし、弟に手を振った。

「あ、兄ィ！」

丑松が駆け寄り、兄弟はヒシと抱き合った。

「丑松、おまん、その形《なり》はどうした？」

「これは……あれだ。俺ァお武家の奉公人になったら」

「はあ？　おまんは寺に……勝鬘寺に入ったんじゃねェのか？」

「そうだよ。勝鬘寺で今の主《あるじ》に会ってな。家来にしてもらったら」

「あ、主だと？」

つまり、丑松の主人が勝鬘寺からの援軍に加わったので、丑松も一緒に野場城入りしたのだという。

「おまんの主人もナンマンダブか？」

「ああ、熱心な念仏だ」

「主の名は？」

「乙部《おとべ》八兵衛《はちべえ》様、兄ィも会ったことがあるよ」

「俺が？　侍なんか知らねェぞ……どこで会った？」

「御油の街道で」

「御油って……おい、まさか槍盗っ人の赤具足じゃあんめいな？」

「その、まさかだら」

「こら丑松……」

二の句が続かなくなった。まさに、絶句というやつだ。

「そ、それで？」

ここは、まず冷静になり、弟の話をつぶさに聞くことにしよう。殴るなり、首を絞めるなりして叱るのは、その後のことでいい。

「そ、それがな……」

丑松の冗長な説明を掻い摘まむと、以下のようになる。

丑松は、勝鬘寺に最下層の寺男として勤め始めた。少々とろいことはすぐに知れ渡った。そんな彼が五百文からの永楽銭を隠し持っているのが露見すると、銭を巻き上げようとする不埒者《ふらち》が現れ始めた。で、その手の輩から五百文を守ってくれたのが、赤具足こと乙部八兵衛だというのだ。

「そりゃ、俺ァ感謝したよ。乙部様は立派なお侍さ。俺の方から頼んで、家来にしてもらったんだ」

「なるほどな……で、今、五百文はどこにある？」

「乙部様に全部預けてあるから安心だら」

「ああ、そう……」

幼いころから「馬鹿だ、馬鹿だ」と思ってはいたが、それにしても丑松は救いがたい。兄が殴られて槍を盗まれる現場を間近で見ていながら、その盗っ人に大事な銭をすべて預けてしまうとは、開いた口が塞がらない。

「おまんが大層世話になったらしいから、俺も挨拶しておきたい。その乙部様のところへ案内してくれ」

「あいよ」

丑松の五百文と、親父の形見の槍——それだけは、どうしても取り返さねばならない。茂兵衛は相棒の辰蔵に声をかけ、一緒に行ってもらうことにした。乙部は油断がならない。助太刀というよりは証人として、第三者に同席して欲しかったのだ。

乙部ら騎乗身分の侍は、城の奥まった場所にある宿舎に寝泊まりしていた。外観は、足軽小屋とさほどに変わらない掘立小屋である。一声かけてから莚《むしろ》戸《ど》を捲り、丑松と辰蔵と三人で中へ入った。中は暗く、早々と燭台を点している。二間四方（八畳間）の中央部に炉が切ってあり、そこに乙部は胡座《あぐら》をかいていた。すでに甲冑は脱いでいる。

「よお」

と、明るい笑顔で左手をあげた。

（なにが「よぉ」だ⁉　スッとぼけた野郎だら）

茂兵衛は黙って一礼を返すと、囲炉裏を挟んで端座した。

「夏目家の足軽、茂兵衛にございます」

「朋輩《つれ》の辰蔵にございます」

盗っ人とはいえ、相手は歴とした士分だ。最低限の礼節は尽くさねばならない。辰蔵とならんで平伏した。

「まさか、御油で一発殴られた借りを返しに来たのではあるまいな？」

「弟が世話をかけたようですし、あれは忘れましょう。でも槍は返して下され。親父の形見ですから」

「分かった。返そう」

「え、本当に？」

「ああ、返すよ。武士に二言はない」

拍子抜けするほど簡単に応じてくれた。

「あのときは吉田城に用事があったのだ。槍も持たずに城主殿にお会いするわけにもいかんのでな、切羽詰まっておったのよ。ま、勘弁してくれ」

と、笑顔で頭を少し下げた。

（ペラペラと舌がよう回る。死んだ倉蔵にどこか似とる。気に食わん）

部屋の壁に、見覚えのある持槍が掛けてあった。どこで調達したのか、立派な穂鞘までつけてある。この男なら、槍の穂鞘ぐらい、口八丁手八丁で手妻《てづま》のように自分の物にしてしまうのだろう。

「それから、弟の五百文も……」

「返すのはいいが百文は使った。四百だけ返す。後は貸しておけ」

「疑うわけではないですが、百文はなににお使いになりました？」

「女を買った」

永楽銭百文――現代なら八千円から一万円に相当する。この時代の買春――高いのか安いのか、相場までは分からない。

乙部は時折、細枝を折っては囲炉裏にくべる。枝を投げ入れるとき、使っているのはやはり左手だ。

（さっき、挨拶でも左手を上げた。やはりこいつ、利き手は左だら）

「ときに、おまん、横山軍兵衛殿の首を挙げたと聞いたが？」

「へい」

「一人でやったのか？」

「へい。首を掻っ切ったのは朋輩ですが」

「軍兵衛殿は深溝勢きっての強者《つわもの》だ。疑うわけではないが……」

最前の仇を取られた。意外に根に持つ性質《たち》らしい。

「脛《わか》の白い足軽一人で、手に負える相手ではないぞ」

「ま、槍と刀でしたし……勿論、俺が槍で。土塁のすぐそばでやり合ったから、証人もたんとおります」

「ふ〜ん。そりゃ、大したもんだァ」

と、半笑いで目を逸らした。

（この野郎……。手前ェの拳を避けきれなかった俺が、深溝きっての強者を「倒せるはずがない」とでも言いたげな面だら）

それ以降、乙部はなにも喋らなくなった。気まずい沈黙が流れる。もう潮時、帰った方がよさそうだ。

茂兵衛は礼を失さぬよう、ゆっくり三回呼吸を数えてから、辰蔵をうながして乙部の前を辞した。

丑松は乙部の家来になったのだから、この場に残していくつもりだったが、乙部の方から「やはり身内の傍が一番じゃろう」と押し付けてきた。要は、五百文を持たない馬鹿を、このまま家来にしておいても意味がないと考えたのだろう。茂兵衛としても弟を、この得体の知れない人物に預けておくのは忍びない。感謝の言葉を述べ、ありがたく連れて帰ることにした。

表に出ると、夏目次郎左衛門と大久保四郎九郎がしゃがみ込み、地面に描いた地図のようなものを指しながら、なにごとかを小声で相談していた。

茂兵衛たち三人が頭を下げ、通り過ぎようとすると、茂兵衛の槍を見咎めた次郎左衛門が声をかけてきた。

「その槍はどうした？」

「へい、以前乙部八兵衛様にお貸ししておりましたもので、今、返していただきました」

主人がしゃがんでいるのだから、立って話すわけにもいかない。茂兵衛たちも地面に端座した。

「槍を貸したとは、なんじゃそりゃ？」

「ですから『槍を貸せ』と。では『貸しましょう』と」

——少し分かり難かったらしく、一同の間に妙な空気が流れた。

「なるほど……。ま、それはいいが、おまん、大分漢を上げたようじゃのう、ワシも鼻が高いぞ」

「へい、おかげにございます」

と、平伏した。

「殿、だから申しましたでしょ。『茂兵衛はやる』って」

横から大久保が、弟の功名でも誇るように、嬉しそうに口を挟んだ。

「言ったか？　よう覚えとらんが」

「申しましたでしょう？　それがし、確かに申しました」

大久保が不満顔になった。

「普通は小柄で速いか、大柄で強いかです。大柄で速い奴はなかなかおらん。茂兵衛は速くて強い。そりゃ、やるに決まっております」

「ほう、そんなもんかね」

「はあ、そんなものですら」

「……茂兵衛よ」

次郎左衛門が茂兵衛に向き直った。

「お前は侍を二人倒した。立派なもんだ。褒美もたんとやろうさ。ただ、勝てば の話だ？　戦に負ければ恩賞も出世もなしだ。そこは料簡せよ、な？」

「へい」

地面に額をこすり付けた。傍らの辰蔵が、不満げに鼻を鳴らした。二人の内の一人は「自分の手柄だ」と言いたげである。

（辰蔵よ、案ずるな。相棒の手柄も、俺はちゃんと言上《ごんじょう》するがね）

と、心中で辰蔵をなだめた。仲間と挙げた武功を独り占めする気など、茂兵衛には毛頭なかった。

第四章　野場、落城す

一

野場城は、なかなか落ちなかった。

十二月も終わり、閏《うるう》十二月に入ってもまだ落ちない。城が交戦状態に入ったのが十月の二十日ごろだったから、もうふた月半も膠着《こうちゃく》した籠城戦が続いていた。最近では、寄せ手にも城兵側にも、慣れと言おうか、疲れと言うべきか、戦《いくさ》に倦《う》む空気が相当に強くなってきている。

茂兵衛が寝小屋の脇で、日課である槍の鍛錬をしていると、辰蔵が寒そうに両手をこすりながらやってきて、ドッカと腰を下ろし、小屋の壁に背をもたせかけた。

「や、驚いたら。まさか、あんなことがなァ」

環濠内の遺体を収拾にきた敵兵と、柵の外と内で言葉を交わしてきたという。

「え、敵と話をしたのか？」

商家の出身だけあって、辰蔵は情報収集に長《た》けていた。農民の出で、人付き合いの苦手な茂兵衛には、敵兵と情報交換するなど、及びもつかない芸当である。

「で、城の外の様子はどうなっとるら？」

籠城が長引くと、城内では様々なものが枯渇していく。米、味噌、水、薪《まき》、弾薬——それ以外にも、情報の途絶が一番辛い。

城の外はどうなっているのか？　もしや、すでに戦は終わっており、戦っているのは自分たちだけではないのか？　自分たちだけが謀反人として、国中を敵に回しているのではないのか？　なんぞと猜疑心《さいぎしん》ばかりが募り、どんな些細なことでも、城の外の情報に触れたくなる次第だ。

辰蔵がニヤリと笑い、右手を差し出した。

「なんだ、この手は？」

「城の外の話を聞きたけりゃ、焼飯一摑み、よこせ」

焼飯とは、玄米をよく炒《い》って作る携帯食だ。そのまま齧《かじ》り、時折塩を舐める。

総じて、香ばしくて美味い。つい食い過ぎてしまうことと、その割には腹持ちが悪いことが難点だ。

「け、けち臭ェこと抜かすな！　早う聞かせろ！」

「茂兵衛よ……。俺も知恵を絞って話を聞き出してきたんだら。只というわけにもいかんだろうが？」

「この、業突く張りの悪徳商人が！」

忌々しいが、どうしても城の外の話を聞きたい。茂兵衛、腰の打飼袋《うちかいぶくろ》から焼飯を摑みだし、辰蔵に渡した。

「へい、まいど。——それがなァ」

業突く張りの悪徳商人が、明るい笑顔で語り始めた。

さる十一月二十五日、勝鬘寺の門徒衆が、岡崎城南方の小豆坂《あずきさか》で、上和田の大久保党と大々的に交戦したそうな。その激戦を以って西三河の両陣営は、本格的な内乱に突入したというのだ。

「え、おい、待てよ。俺らが戦を始めたのは十月の二十日か、そこいらだら？　つまり、俺らは他よりひと月も早く、戦を始めておったということかえ？」

「ほうだら」

「俺らだけ、えらい損しとらんか？」

最近の深溝松平勢は、二日か三日に一度、思いだしたように攻めてくるだけだ。茂兵衛たちはそれなりに本気で守りを固めるが、開戦当初のように、壮絶悲壮な死闘を演じることはほとんどなくなった。

深溝勢は環濠の際まで押し寄せ、鬨《とき》の声をあげ、夏目家や野場城を罵倒する。城内からも鉄砲を撃って応えるが、しっかり狙い定めて発砲することはなく、深溝衆の頭上を狙い、脅す程度に撃ちかけるのが常であった。そんな儀式めいた応酬があった後、攻め手は潮が引くように帰っていき、また退屈な対陣が続くという具合だ。

「ま、親子兄弟、血縁同士で彼我《ひが》に分かれての戦だら。どちらもそう本気にはなれん道理さ」

「同じ念仏の道場でも分かれとる。高田《たかだ》派の寺は岡崎様についたらしいな」

「高田派と本願寺派は仲が悪いのかえ？」

「坊主はどこも仲が悪い。おまん、宗派同士仲のええとこを知っとるか？」

「ハハハ、まあな」

なぞと、土塁の陰で寒さに震えながら、茂兵衛たちはそんな無駄話をしては暇をつぶしていた。

開戦当初こそ、弥陀への篤い信仰心と、松平家康への強い忠誠心の激突であったのかも知れないが、時が経つにつれ、徐々に戦の眼目は薄れ、極寒期の到来とともに双方「早く終わればよいが」との愚痴をこぼしつつ、不承不承に対峙しているのが実状であった。

「大久保様、一つうかがいたいことがございます」

「おう、なんら？」

茂兵衛は、狭間筒を手入れ中の大久保四郎九郎に、疑問をぶつけてみることにした。

「深溝陣を眺めれば、敵の御大将を含めて、相当な物頭級の姿が見えまする」

「ほうか、それで？」

大久保は作業の手を休めることなく返事をした。銃身と機関部を台（銃床）から外し、尾栓《びせん》を抜かずに盥《たらい》の湯に浸す。

「なぜ、撃たんのですか？　狭間筒なら十分狙える間合いでしょうに」

このふた月半、敵陣を見ていて気づいたのだが、相手陣には幾人かの重臣《おとな》がいる。兜に立派な前立を戴き、高価な毛引縅《けびきおどし》の甲冑を着用、艶やかな陣羽織《じんばおり》なども着込んでいる。射程の長い狭間筒を使い、矢倉の上から狙撃すれば、大久保の腕なら必ず倒せるはず。それをしない理由を問い質《ただ》した次第だ。

「そりゃ、狙えるし、俺なら当てられるだろうな」

「では、なぜ？」

「この戦はな。力の加減が難しいがや」

と、湯を銃口から注いだ。端切れを咬ませたカルカ（槊杖）で突くと、行き場を失った湯は、細い火孔からピュッと勢いよく噴き出した。これで火皿から銃身内へと火を伝える火孔の掃除が完了した。ここが最もつまり易い。ここがつまると発砲できない。

「今日は敵でも、明日には轡《くつわ》を並べることになるやも知れんだろ」

「と、いうと？」

「おい、ちょっとそこを持ってみりん」

と、茂兵衛は作業を手伝わされた。

大久保は鋏《やっとこ》を使い苦労して尾栓を外し、銃身内に付着したコロシブをカルカと端切れで綺麗にそぎ落とした。盥の湯は見る間に黒々と濁った。

「頭を使え。もし隣国駿河の今川氏真《うじざね》が攻め込んできたらどうなる？　三河内で内輪揉めしてる場合ではないから早々に和議となるら。我が殿は、深溝の殿様と同じ陣で戦うことになるぞ？」

「それで、手加減をしていると？」

「手加減いうたら身も蓋もないが……ま、そんなところさ。ただ、あからさまに手を抜くと、本證寺から来とる大津兄弟あたりが煩《うるさ》いことを言い出すかも知れんからな。ま、生かさず殺さずといったところよ」

本證寺と勝鬘寺からの援軍は、数名の騎馬武者に指揮引率されていた。浅井《あさい》城主の大津半右衛門、土左衛門兄弟。乙部八兵衛、久留善四郎《くるぜんしろう》の四人である。彼らは夏目次郎左衛門の指揮下に入り、野場城防衛に協力する一方、次郎左衛門の指揮振りを監視する目付の役割も担っていた。

「俺は初戦で深溝の重臣《おとな》を撃ったろ？」

「ああ、植松だか、植村だか。あのお方ですね？」

「もうあれで十分なのだ。大津殿ら門徒衆にも顔が立ち、深溝も『お互い様』と見逃してくれよう。いい塩梅だ。この上、おまんが言うように、おるだけの物頭を撃ったら、深溝も後には引けんようになるら」

「なるほど……。では、もう大きな戦はなしですかね？」

「や、そうとも言えん」

年が改まった来年の一月から二月にかけて、北方の岡崎か上和田界隈《かいわい》で主力同士がぶつかり合う大きな戦が始まるだろう。双方とも、振り上げた拳の落としどころを、探らねばならないからだ。そのとき、三河の一揆は山場を迎える。

その影響で、野場城のあるこの南三河の戦線でも動きがあるはず、と大久保は読んでいた。

「でも、どうして大戦《おおいくさ》が一月とか二月に起こるって、時季までが分かるんですかえ？」

「おまんも百姓上がりだろうが。九月に刈り入れが済んでから戦の準備を始め、翌年、田起こしが始まる前に終えるのが、まっとうな侍の戦ってもんだら」

と、大久保は白い歯を見せて笑い、言葉を続けた。

「おまんら、骸《むくろ》を引き取りにくる敵の足軽衆と話しとるんだろ？」

「や、俺ァしねェけど。中には、そんな野郎もいるみてェです」

〝そんな野郎〟とは勿論、茂兵衛の朋輩《つれ》である辰蔵のことだ。

「深溝松平の重臣《おとな》で、植松だか植村だかが死んだかどうか、いっぺん聞いてみてくれんかな。俺の弾が当たったのは確実だが、その後のことが気になって仕方ないがね」

「へ、へい」

と、安請け合いはしたものの、茂兵衛は大久保との約束を、なかなか果たせなかった。閏十二月の中旬以降、深溝勢がめっきり攻めてこなくなったからだ。

戦がなければ、遺体も出ず、遺体がなければ、その遺体を引き取りにくる敵と言葉を交わす機会もなくなってしまう。次第に、野場城内の情報枯渇は深刻の度を増して行った。


「皆、陰でゆうとるら」

土塁の陰、焚火で暖を取りながら、辰蔵が顔を寄せ囁《ささや》いてきた。

「城中に内通者がおるらしいがや」

「ほ、ほうか……」

茂兵衛はあえぎながら応えた。

日課の千本突きだが、後半の三百回、今日は少し根をつめ過ぎたのだ。

燃やしている薪は、雑兵用の寝小屋のなれの果てである。次郎左衛門が決断して六棟ある寝小屋の一つを薪用に取り壊したのが半月ほど前——あの英断がなければ、おそらく城兵の半分は凍死したであろう。今年の冬は雪こそ積もらなかったが、寒さは例年以上に厳しい。

「夜な夜な、城外から矢文《やぶみ》が射込《いこ》まれとるらしい」

「ほう矢文とな」

「妙な絵が描かれた紙きれが結び付けられとってな……おそらく、内通者にだけ通じる符丁だら」

バチッ。

焚火の中で薪が爆《は》ぜた。

「おい、茂兵衛」

「へい」

榊原左右吉がやってきて声をかけた。次郎左衛門が、茂兵衛と丑松を呼んでいるというのだ。

「う、丑もですか？　丑松は我が弟ながら、あまり物の役には……」

「ま、そう言わずに……丑松もお名指しで呼ばれとるのだからな」

「でも、どうして？」

「知らんがね！　早う行け！」

と、小頭が癇癪《かんしゃく》を起した。

二

次郎左衛門の小屋の入口で、茂兵衛は弟の衣服を直してやりながら、細々と注意を与えた。

「ええか。おまんはなにも喋るな。黙ってニコニコしとれ。話は俺がするら」

「うん。俺、なにも言わねェ。ニコニコしとるわ」

迂闊なことを口走り、丑松が窮地に陥ったり、責を負わされたりしないための用心である。

「御免なさいまし。茂兵衛ですら」

と、一声かけてから小屋に入った。

半蔀《はじとみ》が閉じられた暗い室内には火が焚《た》かれており、囲炉裏端に座る三人の侍の影が背後の壁で揺らめいていた。次郎左衛門の他に、家宰の本多比古蔵と大久保四郎九郎が同席している。

茂兵衛と丑松は、囲炉裏越しの板敷に座り、兄弟そろって平伏した。

「あのなァ茂兵衛、今夜は三日月じゃ。月はすぐに沈むから、あとは夜通し闇夜である」

そこまで言ってから、次郎左衛門は丑松に向き直った。

「丑松よ、お前、大層夜目が利くそうじゃな？」

おそらくは、乙部あたりから聞いた話と思われた。ほんの数日の間だが、丑松は彼の家来だったのだから。

茂兵衛から命じられた通り、丑松は微笑《ほほえ》むだけで明確な返事をせず、ちらちらと兄をうかがっている。ここは茂兵衛が答えるところだ。

「確かに、夜目も遠目もよく利きます。ただ、それ以外のことは、弟はからっきし不器用な性質《たち》でして……」

「そこは、ほれ、器用な兄貴が傍についていて、助けてやったらよかろうさ」

「は、はあ」

「よいか、お前ら兄弟に、ど～してもやってもらわねばならぬことができた」

と、次郎左衛門は声をひそめた。

ここからは家宰の本多が、話を引き取った。

「おまんら、夜な夜な射込まれる矢文の件を聞いておるか？」

「へえ、うっすらとは」

敵に内応する裏切者が城内におり、矢文は彼に宛てた密書だと、事情通の辰蔵などは早いうちから睨んでいた。

「これを見よ」

と、本多は一本の矢を茂兵衛に示した。鏃《やじり》のすぐ下に、細く畳まれた紙片が結びつけられている。

「じゃ、これが？」

「うむ、矢文には相違ないが、城外から城内に射込まれたものではない。逆に城内から城外に向け、射られた矢だ」

「？」

「つまり、矢文の返書ということよ」

と、大久保が、見たこともないような恐ろしげな顔で茂兵衛の目をのぞきこんだ。それだけ深刻な事態なのだろう。

矢は、野場城の裏手、半町（約五十五メートル）ほど離れた立木の幹に刺さっていた。結ばれた文は、やはり独特の符丁で書かれており、内容は判読不能であるそうな。

「で、手前どもにどうせよと？」

「弟は夜目が利く。兄貴は腕っぷしが強い。指揮を執る大久保とも気心が知れておる。お前ら二人はこの仕事に適任じゃ」

「この仕事？」

「ま、聞け」

と、次郎左衛門が声を潜めた。

野場城の西側には山が迫っている。

日の入りも、月の入りも、平地のそれよりかなり早い。本来の月の入りが亥《い》の上刻（午後九時台）でも、野場では戌《いぬ》の上刻（午後七時台）には、三日月は山《やま》の端《は》に隠れた。あのか細い三日月でも、あるとないとでは随分と違うものだ。大岩《おおいわ》山《やま》に月が沈むと同時に、辺りは墨を流したような闇に包まれ、誰かに鼻先を摘まれても分からない。

内応者が射った矢文を回収にくるであろう敵兵を、闇の中で待ち伏せて捕らえる——かなり危険で困難な役目だ。指揮を執る大久保と茂兵衛兄弟には、十分な腹ごしらえと長い昼寝の時間が与えられた。

夕方に起き、手早く身支度を済ませた。寒さ除けにと次郎左衛門が手ずから椀に注いでくれた熱くて甘い酒を、一気に飲み干した。

「よいか。くれぐれも生かして連れて参れ。内応者が誰か是非とも聞き出さねばならぬからな」

次郎左衛門が大久保に厳かに命じた。

見送りは次郎左衛門一人きりであった。内応者は必ず城内にいるのだ。次郎左衛門と本多と大久保、茂兵衛と丑松の五人以外には、今宵の企ては誰にも知らせていない。

丑松を先頭にし、こっそりと西門から出た。環濠に沿って城の裏手へと回り込む。今夜も寒い。暗い中で互いの吐く息だけが、ほの白く見えた。

闇の中でも味方の目印になるようにと、白い小さな布切れを、それぞれの肩に縫い付けてある。

(城内の内通者って、乙部じゃねェのかな?)

前をゆく丑松の白布を目で追ううち、乙部の屈託のない——それでいて、どこか胡散臭い笑顔が脳裏をかすめた。

（裏切り……。野郎ならやりかねん）

乙部なら、風を読んで保身に走り、敵方に内応しても不思議はない。

（ま、ええわ。忍んできた敵をとっ捕まえ、白状させればすぐ分かることだ）

三人は城の裏手、南側の土手を上りはじめた。足元が危ういので、持槍を杖にして慎重に上った。

寄せ手に遮蔽物として使われないよう、土塁から半町（約五十五メートル）以内の木々はすべて伐採してある。しばらく伐採地を上ってから、木立の中へと分け入った。冬でも葉を落とさない常緑樹の森に入るともう完全な闇である。丑松は「目を慣らすから」としばらく立ち止まっていたが、やがて、迷いなく歩き始めた。本領発揮というところだ。

丑松の後方から、肩の白布を目当てにして進んだ。林床の下草は、冬の初めに枯れているから、暗いことを除けば、比較的歩きやすかった。

「そこ、根が張ってるよ」

「あ、枝が伸びとるら」

障害物がある度に、丑松が小声で報せてくれる。教えられても見えないものは見えない。度々顔や足先をぶつけたが、やはり警告されると、恐る恐る歩を進めるので、転んだり、怪我をしたりすることはなかった。

昼のうちに目をつけておいた高台に三人でうずくまった。

内通者が射込んだ矢文は、元の木の幹に刺してある。その矢を回収にきた者を捕縛すればいいわけだ。城からの距離は、おおよそ半町（約五十五メートル）ほどか。

「丑松よ。敵が来たら小声で報せろ」

と、大久保が小声で命じた。

「俺はすぐに、松明《たいまつ》を二本点《つ》ける。茂兵衛と俺が一本ずつ。松明を掲げて坂を駆け下り、敵を捕まえる。——そんな手筈でいく、ええな？」

「へい、承知です」

それ以降、寒さに震えながら、二刻（約四時間）ほど待った。敵に気取られるので喋ることもできない。小便も我慢する。かなり辛い待機となった。

子《ね》の上刻（午後十一時台）を少し回ったころ、丑松が肘で、茂兵衛の脇腹を突いた。

「きたよ……。一人だら」

大久保が火縄箱から取り出した火縄を吹き、背負ってきた二本の松明に火を点《とも》した。炎がパッと周囲を照らす。闇に慣れた茂兵衛の目には、明るいというより眩し過ぎる。その一本を引ったくって、坂道を駆け下りた。

「おら、待たんかい！」

目と鼻の先を、侍が一人逃げて行く。打刀を背中に背負い、小袖に裁《た》っつけ袴《ばかま》、両の籠手のみをはめている。いつぞやの長谷川千代丸とよく似た背格好で——や、似てるだけではない。千代丸本人の可能性すらある。

逃げる侍は槍を持っておらず、代わりに弓を抱えていた。また矢文を射るつもりだったのだろう。ただ、短い弓だ。猟師が山で使う半弓《はんきゅう》かも知れない。

「おい、おまん、千代丸か⁉」

と、逃げる背中に向けて一声咆《ほ》えると、一瞬、侍は足を止め、わずかに振り返って茂兵衛を見た。怯え、引き攣《つ》ったその顔には見覚えがあった。まごうことなき、長谷川千代丸その人ではないか。

「お、俺だら。十月に勝負した足軽の茂兵衛だら」

——なぜ名乗ったのか、茂兵衛自身にも分からない。ただ、暗い森の中で知った顔に会い、つい気が緩んだのは確かだ。

「糞がッ！」

と、一声叫んで侍は駆けだした。明らかに走る速さが増している。足軽茂兵衛の名は、千代丸に三ヶ月《みつき》前の悪夢を思い起こさせたのかも知れない。

（な、名乗ったのは、藪蛇だったか⁉）

と、走りながら茂兵衛は悔やんだ。

あちこちと逃げ回り、追い回し、方向が分からなくなったころ、敵の行く手を遮《さえぎ》るようにして、山道に大久保が立ちはだかった。その背後では、不安げな丑松が松明をかざしている。

千代丸は立ち止まり、弓に矢をつがえようとしたが、茂兵衛が追いつき、片手で持った槍の切っ先を敵の背中に突きつけた。

「う、動くな！　しょ、勝負あったら！」

さすがに息が切れ、声が裏返った。

大きく肩で息をしながら、千代丸はゆっくりと弓の弦から矢を外した。

「矢文を射込むつもりだったのか⁉」

「知らぬわ！」

大久保の問いかけに、千代丸は顔を背けたが、茂兵衛が懐を探ると、例の符丁を認《したた》めた紙片が出てきた。

大久保に、千代丸との経緯を簡単に告げた。

「なんと、長谷川半衛門殿の御子息とな……。深溝の重臣《おとな》ではないか」

「うちの小頭もそう言って腰が引けてました。なに、俺がぶん殴れば大人しくなりますら」

「下衆、足軽、雑兵！」

「やかましいやい！」

と、後頭部を拳固で殴りつけると、果たして千代丸は大人しくなった。

「お、おい、茂兵衛……。乱暴はよせ」

榊原と同様に大久保も、部下の足軽の暴挙に周章狼狽した。

千代丸を縄で縛り、帰途についた。今度は松明があるので歩きやすい。

暗い森をしばらく進むと、ふいに野場城裏手の斜面にでた。三人の口から、同時に安堵の吐息が漏れた。

「ね、大久保様」

と、声をかけようとして、茂兵衛は異変に気づき口を閉じた。

半町（約五十五メートル）先——野場城の土塁の陰で、なにやら動いたような気がしたのだ。

「ん？」

土塁の方から、闇を切り裂く音——殺気を帯びた気配が近付いてくる。一瞬、電光のようなものが閃《ひらめ》き、茂兵衛は思わず首をすくめた。

「グフッ」

後ろ手に縛られた千代丸が、膝から崩れ落ちた。見れば、左胸に深々と矢が突き刺さっている。

「伏せろ！」

三人は斜面に伏せた。確かに矢は、野場城の——つまり、自陣《いころ》の方角から飛んできたのだ。城内に潜む裏切者が、己が正体を知る千代丸を射殺し、口を封じたのに相違あるまい。

「狙われるぞ。松明を消せ！」

と、大久保が叫んだ。

松明を土にねじ込んで火を消した。暗くなる寸前、千代丸の顔が垣間見えた。哀れな若者は、草叢《くさむら》に頭を突っ込み、目を見開いたまま息絶えていた。年は茂兵衛より一つ上、今年の正月で十九になったばかりのはずだ。あまり要領のいい方ではなかったが、二度も危険な任務に就いていたところを見れば、相当勇敢な若者だったのだろう。育ちのいい若武者を、自分のような百姓上がりの賤《いや》しい足軽が、殴ったり蹴ったりのやりたい放題——少しだけ、相すまない気分になっていた。

「丑松、来いッ！」

と、叫んで茂兵衛は撥ね起きた。傍ら、丑松が釣られて発条仕掛《ばねじか》けのように跳び上がるのが気配で伝わった。

「危ない！　こらおまんら、どこへ行く！」

との大久保の制止を無視し、兄弟並んで斜面を駆け下りた。

「丑、城の柵の内側をよく見ろ。ひょろりと背が高い男だら」

「あ、逃げてくよ。誰かいねェか？」

「弓は持ってねェか⁈」

「うん、持ってる。弓をかかえて走っていくよ」

（弓が使えるなら足軽じゃねェ、侍だろう。さらには瘦《や》せて背が高い……乙部に相違ねェら！）

だが「乙部をすぐに捕まえよう」と息巻く茂兵衛に対し、大久保は消極的だった。

「仮にも乙部殿は援軍の将だ。恩ある客人だら。疑うなら、疑うなりの証を持ってこい。痩せて背が高い侍なんぞその辺にゴマンとおるが」

言われてみればその通りなのだが、茂兵衛としては自分の直感を信じるしかない。

城に戻ると大久保には無断で、辰蔵と丑松の他に同僚足軽二人を誘い、五人で乙部の寝小屋へと押し入った。

「なんだ⁉ 無礼であろうが」

と、一応は驚いてみせたが、茂兵衛が来ることを察していたと見えなくもない。

「うるせェ、黙ってついてこい！」

有無を言わさず、表へと連れ出した。

「最前おまんが射殺した長谷川千代丸な。よほど無念だったのだろうさ、息を引き取る真際に『裏切者は乙部八兵衛だ』と俺に囁いたぞ」

丑松が慌てた様子で、茂兵衛の顔を見た。

無論、これはハッタリである。千代丸はほぼ即死に近かった。内応者を伝える余裕などなかったのだ。

「なんの話だ？　さっぱり分からん」

「口を封じるために、射殺したつもりだったろうが、下手を打ったな」

「射殺した？　俺が弓で誰かを殺したというなら、とんだお門違いだぞ」

「惚《とぼ》けるな。おまんが裏切者だってことはもうばれとるんだら」

「ま、聞け！　今俺は弓を引けないのだ。昨日の戦いで土塁から落ち肩を捻ってな、ほれこの通り、右肩が酷く痛んでおるのよ」

と、直垂《ひたたれ》の片肌を脱いで肩を見せた。篝火《かがりび》の炎にかざしてみると、確かに右肩が赤黒く腫れ上がっており、酷いありさまだ。

「……………」

「茂兵衛、この肩で弓が引けると思うか？」

「す、すいません！」

と、潮目を読んだ辰蔵が地面に平伏し、丑松と同僚足軽二人もそれに倣った。

「おまん、射殺された侍が『裏切者は乙部だ』と言い残したといったが、それは本当のことか？」

この上、嘘は重ねられない。

「いいえ。……野郎は、すぐ死にましたから」

「呆れたな。大法螺《おおぼら》だったということか⁉」

乙部が憤怒の表情で睨みつけている。どうやら、とんでもない冤罪であったようだ。観念した茂兵衛は、無言で膝を折って座った。

「申しわけございません！」

と、地面に額をこすり付けた茂兵衛の背中を、乙部が強かに踏みつけた。

「今は落魄《らくはく》しておるが、元々乙部家は歴とした国衆《くにしゅう》の家柄よ。足軽風情からここまでコケにされて、黙っているわけにはいかんだろが」

背中を踏んだ乙部の足に力がこめられ、茂兵衛の額は土にめり込んだ。

「ま、今は戦の最中だ。味方同士で、これ以上揉めるつもりもないが……。おい茂兵衛、戦が終わったら、ケジメはちゃんとつけるからな、腹ァくっとけよ」

「へ、へい」

篝火に照らされた乙部の顔が、まるで赤鬼のように見えた。

三

永禄七年（一五六四年）二月二十四日は、新暦になおせば四月の十五日だ。今や春爛漫《らんまん》でさすがに凍死の不安はない。その夜、茂兵衛と丑松、辰蔵の三人は、土塁の陰で莚《むしろ》をかぶり、熟睡していた。

未明のこと、敵襲を告げる鐘が、各矢倉の上で鳴り響き、三人は跳び起きた。一瞬、寝ぼけ眼《まなこ》に光が過った。

「な、なんだ!?」

敵陣から、火矢が間断なく射込まれてくる。武器庫や寝小屋の周囲には矢盾を隙間なく並べてあり、ほとんどの矢はそこに刺さる。桶に汲み置きした水をかければ、火を消すことは比較的に容易であった。

寅《とら》の下刻（午前四時台）、まだ暗い中、深溝勢が鬨の声をあげ、土塁に殺到してきた。

「敵だァ！　火は女子供にまかせ、槍をとって柵につけ！」

小頭衆が配下の足軽を怒鳴りつけ、持ち場へと配置させて回っている。

まだ幾棟かの小屋は燃え続けており、暗い中、柵内の城兵の姿を浮かび上がらせていた。対して深溝側は、闇の中から攻めてくる。城兵としては見えづらい。陽の出ないうちに火矢を射込んだのは、敵の巧妙な策略であったに相違ない。

「敵さん、いよいよ本腰を入れてきたんじゃねェのか？」

「馬鹿抜かせ、戦はもう終わりだと聞いたぞ？」

「きっと野場以外はどこも終わって、暇になって、皆でここに押し寄せてきたんだら！」

数発の鉄砲が矢倉に撃ち込まれ、防弾用の竹束に当たり、バタバタともの凄い音をたてた。何度聞いても恐ろしげで不快な音だ。

「糞たれがッ！　ブッ殺してやる！」

と、叫んで土塁の陰から柵へと駆け上った仲間の足軽が、すぐにズルズルと下がってきた。鼻と口から大量の血が吹きだしており、両眼を見開いたまま事切れていた。茂兵衛の見る限り、弾の入った痕はない。

「口の中だら。口に弾が飛び込んだんだ。ナンマンダブ、ナンマンダブ」

そう言って榊原は、足軽を土塁の後方へと引き摺って行った。足元に遺体が転がっていると、戦闘時の邪魔になる。まさか戦友の遺体を踏み散らかすわけにもいかない。それをやると今後の士気にかかわる。

「柵に寄るな。狙い撃たれるぞ。この場で身を屈めとれ。敵が柵を上り始めたら落ちついて槍で突け」

榊原の命に従い、茂兵衛たちは片膝をついて腰を落とし、横一列になって槍を構えた。すでに幾人かの敵兵が土塁を上りきり、柵に取りついている。

丸太をよじ上る者。丸太の間に渡した横木を外すべく、縄を断ち切ろうとする者——いずれも茂兵衛らの槍の洗礼を受け、悲鳴とともに暗い環濠の底へと滑落して行った。

「何度やっても同じだら！　止めとけ！　無駄死にすんな！」

辰蔵が闇に向かって喚いた。傍らからは丑松のすすり泣く声が聞こえてくる。

「泣くな丑！　ここで亀みてェに屈んで、槍だけ突き出しときゃいいんだ。未来永劫この城は落ちねェよ」

「兄ィ、本当か？」

「ほうだら！　去年の十月以来、もう五ヶ月も耐えてる城だ。今日明日に落ちるもんか！」

弟を励ますつもりで怒鳴った言葉だが、周囲の足軽たちから「ほうだ、ほうだ」と一斉に賛同の声が上がった。

「その通りだァ。茂兵衛が言うなら城は落ちんだろうさ」

「茂兵衛がおるから、ワシらァ大丈夫だら」

からかったり、冗談を言っている風には見えない。茂兵衛は、自分が仲間たちから頼りにされていることに初めて気づいた。

初陣で兜首を二つも挙げた大柄な足軽は、今や夏目次郎左衛門や大久保四郎九郎からまで一目置かれ、重宝がられている。誰もが心細い思いをしている籠城戦にあって、同僚足軽たちが茂兵衛を英雄視し、頼りにするのはむしろ当然であった。

(俺、家の者以外から、頼りにされたことなどねェからなァ)

頼られるはおろか、粗暴な村の嫌われ者として疎外されていたのだ。

茂兵衛は、自分のことを認め、自分を頼ってくれている仲間たちが、たまらなく愛おしかった。彼らのために戦いたいと思ったし、命を投げ出しても構わないとさえ感じた。甘美な衝動が鼻腔をくすぐり始めたその時――

「お、大手門が破られたぞ！」

と、東の矢倉から悲愴な声が上がった。

見れば大手門の門扉が左右に大きく開かれている。本来、堅く閉ざされているはずの城門だ。十数名の敵兵が、槍を構えて城内へと雪崩《なだ》れ込んでくる姿が遠望された。

「た、大変だァ！」

「茂兵衛、丑松と辰蔵を連れて大手門へまわれ！　後の者はこの場を支えろ！一兵たりとも柵を越えさせるな！」

「へいッ、茂兵衛、承知！」

そう榊原に怒鳴り返すと、茂兵衛は丑松の腕を摑み、大手門へ向け駆けだした。辰蔵は黙っていてもついてくる。昨年、戦が始まったころには、調子ばかりがよく、信用ならなかった彼も、五ヶ月間の戦いを経て、今や胆の据わった立派な兵《つわもの》になった。自分のやるべきことはすべて弁《わきま》えている。

茂兵衛ら城兵たちがやるべきことは単純明快だった。大手門の門扉を閉じ、城内に入り込んだ敵を討ち取る――それだけでいい。

「す、すんません」

大手門の方から走ってきた侍とぶつかりそうになった。兜武者だ。会釈をしてすれ違おうとしたとき、目が合った。乙部八兵衛だ。大きく見開いた両眼、強張った口元、明らかに興奮している。

（大手門を破られてるんだ。そりゃ乙部も頭に血が上るわな）

と、さほどは気に留めず、また走りだした。

城内の各所から、応援に駆けつけた城兵たちが大手門に集結していた。二十人ほどが槍を構え、侵入してきた敵と渡りあっている。ただ、城兵が門を閉じようとしても、城外の味方を招き入れようと、敵側も必死に抵抗する。今も門扉は開いたままで、寄せ手の数は増えるばかりだ。

大手門上の矢倉から、刀を手にした一人の兜武者が、寄せ手の上に飛び降りるのが見えた――桃形兜《ももなりかぶと》の独特な形に見覚えがある。大久保四郎九郎だ。

大久保は敵兵一人を突き飛ばし、もう一人の喉に切っ先を突き立てた。血を噴いて仰《の》け反《ぞ》る敵を蹴倒し、次の相手の当世袖を摑んで振り回した。まさに、鬼神の如き活躍である。

「兄ィ！」

走りながら丑松が怒鳴った。

「俺、小便ちびりそうだら！」

そうは言っても、今の丑松は走るのを止めない。植田村のころなら、もう立ち止まって、物陰に逃げ込んでいるはずだ。

「なに、かまうもんか、気にせずちびれ！　ここは戦場《いくさば》だァ。狂え丑松！　狂っちまえ！」

「え〜い、もうヤケクソだら！　死んだる！」

丑松は獣のような雄叫びをあげながら、槍を構え、乱戦の中へと突っ込んでいった。戦場は人を殺すが、育てもする。茂兵衛は弟の成長を誇らしく思った。

開いた城門を挟んで、両軍が揉み合っていた。大久保に指揮された城兵が押し戻すと、相手も束になって押し返す。一進一退だが、徐々に城内側へと押し込まれ始めている印象だ。

（一間でも、二間でも敵を城外に押し出せれば、城門は閉じられる。ほんの少しでいいんだがなァ）

ふと、矢倉が目に入った。

「辰蔵、丑松、それから、おまんとおまん、俺と一緒にこい！」

と、顔見知りの足軽二人を勝手に引き連れ、総勢五人で矢倉の横の柵を乗り越え、城門で揉みあう敵兵の傍らにそっと飛び降りた。

茂兵衛としては、大手門に殺到している敵兵の側面から、五人で突っかけるつもりだ。城門を挟んで両軍は拮抗している。背後が危うくなれば、先端の圧が弱まり、城兵が押し戻すことができる。その隙に城門を閉じればいいのだ。

「皆の衆、ええか、槍を揃えて遮二無二突っ込むぞ。敵は一々殺さんでええ。敵の隊列を乱せりゃ十分だら。声を張り上げて、大人数が突っかかったように思わせろ。後はただただ槍でぶっ叩け」

辰蔵と丑松は勿論、茂兵衛より随分と古株であろう二人の足軽も、茂兵衛の言葉に黙って頷いた。

「よし、いこまい」

五人の足軽は駆けだした。大手門を攻め立てている三十名ほどの敵兵の列に、側面から槍を揃えて突っ込んだ。案に違わず敵は混乱に陥った。まさか城の外に城兵がいて、それが横から奇襲してくるとは、想定外だったのであろう。

一旦、突っ込んだ後は、距離をとり、槍を振り上げ、ひたすら上から叩いた。

寄せ手としては、正面と側面と両方向からの反撃を受けている。槍先をどちらに向けていいのか決めかね、右往左往するうち、茂兵衛たちの槍に「一方的に叩かれるまま」となっている。

寄せ手の混乱を感じ取った大久保が、盛んに城兵を鼓舞し始めた。

「前へ！　敵を城の外へ追い出せ！　前へ！」

大久保の声に呼応し、城兵が前へ押した。混乱する寄せ手は、手もなく押される。城外にまで押し戻された。

「よおし、もうええ！　深追いするな。城内へ戻れ。城門を閉めるぞ」

大久保が血気にはやる足軽たちを押し止め、城内へと引き戻している。

城の危機が去ったのはいいが、このまま門扉を閉められると、茂兵衛たちは城外に孤立してしまう。

「俺らも潮時だら！　城内へ戻るぞ」

と、丑松の襟首を摑み、大手門に向けて駆けだした。

城門が閉まる寸前に駆け戻ってきた辰蔵は、槍を二本両手に抱えて嬉しげであった。敵の兜武者が落とした立派な持槍を拾ってきたという。

「相変わらず、こすい男よのう」

「当たり前じゃ。このぐらいの余禄がなきゃやっとれんわ。おまんばかり手柄を立ておって。……俺ァ面白うないがや」

「そ、そんなこと言われたって……。どうすりゃええがね？」

「ふん、おまんはどうもせんでええわい。俺の問題だら」

と、苦く笑った。

大手門の内では、大久保を中心に、ひと悶着が起こっていた。

「では、閂《かんぬき》を壊されたわけではないと申すか⁉」

「へい、この通り、閂はちゃんと閉まりますら」

閂が壊れておらずに、城門が開いたということは「誰かが城内から閂を外した」ということだ。

「古めかしい星兜の大柄な侍ですら」

「閂を外しとるのを、ワシアみましたがや」

と、足軽の中から目撃者までが現れた。茂兵衛の脳裏に、最前鉢合わせたときの乙部の異様な顔つきが浮かんだ。乙部の兜は、まぎれもない星兜である。

「その侍、赤い具足ではなかったかね？」

「さあ、暗かったから、色までは……。でも、あれはよく見る面で、確か援軍に交じってたお侍だ」

「やっぱ乙部だがや！」

「今、どこにおる？」

「さっき、東の城門の方に走って行くのを見て……」

と、辰蔵が指さした向こう、東の城門が大きく開き、敵兵が雪崩れ込んでくるのが遠望された。

「やられた！」

茂兵衛は、またも丑松の腕を摑んで駆けだした。あまりに度々のことなので、流石に丑松も嫌な顔をしたが、こればかりは仕方がない。危険な戦場に、とろい弟を一人残すわけにはいかないのだから。

「十人、俺と来い。十人は矢倉に上って大手門を守れ！」

背後で大久保が、口早に命じる声が聞こえた。

（乙部の野郎、やっぱり内応してたのは奴だ。城門の閂を外したのも奴で間違いあるめェ！）

と、心中で毒づいた。菱池対岸の山の端に顔を出した旭日を睨みつけながら、東の城門へ向け、走りに走った。

四

東の城門は大手門に比べ城兵の数が少ない。門の上には矢倉があるが、富山三郎太の火縄銃一丁で、さほど守りは堅くない。

その門扉が左右に大きく開かれており、城兵と殺到した寄せ手が揉み合っている。一部の寄せ手は、すでに城の中へと乱入していた。この門を守る城兵の数が少ないだけに、野場城にとって、先ほどの大手門の攻防とは段違いの危機だ。榊原が配下の足軽を率い、侵入した敵兵と渡り合っている。ところが、榊原たちが離れたので、持ち場の柵が無防備となっていた。柵を乗り越え、敵兵が易々と侵入してくる。

大身槍《おおみやり》を振り回し、寄せ手を蹴散らす荒武者の背中が見えた。

「たァけ！　首は獲るな！　討ち捨てにせよ！」

と、城兵を叱り飛ばす横顔——黒漆をかけた頭形兜《ずなりかぶと》の前立は南無阿弥陀仏——城将、夏目次郎左衛門ではないか。御大将自ら駆けつけたということは、それだけこの界隈の戦況が危機的だということだろう。次郎左衛門は、家宰の本多比古蔵と数名の郎党を引き連れ、侵入した敵を掃討している。茂兵衛ら三人も合流、そのまま次郎左衛門の指揮下に入ることにした。手勢が十人ほどになったことで、次郎左衛門は目標を東の城門に変更した。城門さえ閉めれば、城内ではまだまだ夏目党の方が優勢で、侵入した寄せ手を殲滅《せんめつ》できるはずだ。

「東の城門を閉めるぞ！　ワシについて参れ！」

と、持槍を小脇に抱えて走り出した。家宰の本多以下十名ほどの城兵も城主の後に続いた。

東の城門はすでに寄せ手に占拠されていた。その数、二十から三十ほどもいる。しかし、そこから城内深くへと討ち入ってくる気配はない。城門を拠点として守り抜き、味方の到来を待つ腹とみた。

次郎左衛門の来援を知ると、蹴散らされていた東門を持ち場とする城兵たちが集まってきた。こちらもすでに二十名ほどの勢力になっている。

「よし、ひと戦致すぞ！　比古蔵、茂兵衛と辰蔵を連れ、矢倉を奪還せい！」

「承知！」

次郎左衛門は、残りの兵を引き連れ、門扉を閉じるべく、城門へと突っ込んで行った。次郎左衛門の命令は、茂兵衛と辰蔵を本多比古蔵の指揮下に置くというものだったが、茂兵衛が行けば、丑松もついてくる。都合、矢倉奪還の別動隊は四人ということになった。

本多比古蔵は、四十半ばでやや肥満気味の農夫然とした武士だ。若いころから次郎左衛門に仕え、今は家宰として夏目家を支えている。すべてにものがたい性質《たち》で、人格的にも信用の置ける漢だ。

本多は、攻略目標の矢倉を見上げた。矢倉内で三、四名の影が動いている。

「茂兵衛」

「へい」

「ワシら三人は正面から梯を上る。敵の気を引きつけるから、おまんは丸太をよじ上り、背後から襲い掛かれ、ええな？」

「へいッ」

と、二手に分かれた。

丑松は兄と一緒に行動したい風であったが、今回の茂兵衛の任務は、矢倉への斬り込みという危険なものだ。足手まといになられても困る。しぶしぶ辰蔵に腕を引かれ、本多について行った。

茂兵衛は、次郎左衛門らが戦っている城門を大きく迂回、菱池側の土塁から矢倉に忍び寄った。うかがうと、本多比古蔵と辰蔵が梯の下から矢倉に向かい、さかんに槍を突き上げ、罵声を浴びせている。

まず槍を柵に立てかけ、邪魔な陣笠を脱いだ。次に、刀を抜き、水平にして峰の部分を口に咥《くわ》えた。刀身に歯が当たるとガチガチと不快な感触があるので、できるだけ唇で支えるようにする。かなり重たく、口が疲れた。

そっと矢倉の支柱に取りついた。城内側には、補強の横木が幾本か渡されているので上りやすい。足元で次郎左衛門たちが激戦を繰り広げており、剣戟《けんげき》の音、悲鳴や怒鳴り合う声で辺りは騒然としている。茂兵衛はどんどん丸太を上った。

矢倉上部の竹束に手がかかったとき、ふと強い視線を感じた。

一瞬、動きを止め、見回すと——いた。

乙部八兵衛だ。

焼け落ちて、まだくすぶっている寝小屋の傍ら、朝の陽光を真横から受け、見覚えのある赤具足が立っている。茂兵衛も睨み返してやったが、ふてぶてしい半笑いのまま、動じる様子は一切ない。

茂兵衛はすでに、大手門と東門の閂を外したのは乙部だと確信していた。一度ならず二度までも、彼のいた場所で閂が外されたのだ。偶然とは思えない。

すぐにも矢倉から飛び降り、槍をとって勝負したい衝動に駆られたが、本多の命令も実行せねばならない。

（待っとれ！　後で相手をしてくれる）

と、心中で吼《ほ》えてから、改めて矢倉に上ろうとしたとき、梯の下で悲鳴がした。見れば本多の顔から血が噴き出している。矢倉の上から槍で刺されたようだ。

（あぁッ、本多様！）

本多は、四段ほど上った梯からもんどり打って転がり落ちた。辰蔵と、どこに隠れていたのか丑松が駆け寄り、本多の体を引きずって後退していくのが見えた。

（辰蔵と俺との二人きりじゃ、矢倉の奪還は難しい。さて、どうする？）

茂兵衛は城門界隈を見回した。次郎左衛門率いる城兵側が、寄せ手を圧倒しており、門扉も半ば閉じかかっている。数名の足軽が矢倉の梯にとりつくのが見えた。

（ならば俺は乙部を倒そう。野郎が城内にいる限り、幾度でも門は外される）

と、焼け落ちた小屋を見たが、もうそこに赤具足の姿はなかった。

（野郎、逃がさねェ）

矢倉から飛び降り、柵に立てかけていた槍を摑むと、さっきまで乙部が立っていた場所へ向かって走った。

「やい、乙部！　おまんが城門の閂を外したこたァ分かっとる。おまんも侍だったら出てきて俺と立ち合え！」

どこに隠れていようが聞こえるように、精一杯の大声で呼びかけたが、乙部が姿を現すことはなかった。山勘で逃げたと思《おぼ》しき方角を選び、駆け出した途端、足がもつれて茂兵衛は盛大に転倒した。

小屋の陰から急に槍の柄が突き出され、足を取られたのだ。

槍を構えた乙部が飛び出してくるのが見えた。このままではやられる。無理な体勢ではあったが、そのまま二転三転と転がり、間合いを取った上で跳び起き、槍先を乙部へと向けた。

「おりゃッ！」

裂帛《れっぱく》の気合と共に、乙部の突きがくる。低い姿勢から、茂兵衛の首を狙って突き上げてきた。茂兵衛は、己が槍を振り上げて敵槍の切っ先をいなし、振り上げた勢いのまま振り下ろした。

ガツン。

兜を強打された乙部が、グラリとふらついた。

（効いとる、効いとる）

休まず二度三度と連打を加える。しかし、横山軍兵衛の時と違うのは、今度は相手も槍を持っているということだ。打撃の合間に乙部が槍先を突き出してくると、どうしても後方へ一歩退かねばならない。槍の打撃力が減殺される。

（こりゃ駄目だ。もう少し間合いをとろう）

と、数歩退き、槍を構えて対峙した。双方、息が上がっている。

「茂兵衛よ……。おまん、本気で俺と立ち合う気か？　槍で勝負になるとでも思っとるのか？」

乙部は兜の下に面頰をつけておらず、表情がよく見えた。笑っているような、怒っているような――腹の読めない不思議な顔だ。

「乙部様よォ、一つだけ教えてくれ」

「おう、なんら？」

「長谷川千代丸を射殺したのは、おまんか？」

「それがどうした？　今さら、どうでもええわい」

「でも、おまんの肩は確かに腫れ上がっとった。アレで弓が引けたのか？　半町離れた男の急所を狙えたのか？」

「ふん、冥途の土産《みやげ》に教えてやろう……漆よ。漆だがね」

「あッ！」

すべて氷解した。

漆にかぶれると、体質によっては皮膚が赤黒く腫れ上がることがある。肌が腫れるだけだから、弓を射るのに支障はない。あらかじめ乙部は漆を隠し持っていたのだろう。そしてあの晩、千代丸を射殺した後、己が肩に漆を塗ったのだ。

「おまんのような侍の屑《くず》は、俺がこの場で成敗してくれる」

「嫌な言い方だら……。おい茂兵衛、なぜそこまで俺を嫌う？　これで付き合うてみれば、なかなか面白い男だぞ」

と、裏切者が笑った。

「最初は、おまんの狡《ずる》さを『これが戦場振りか』とも思ったが、そうじゃねェ。おまんは生来の騙《かた》りだら。反吐がでるほどせこい。殺しておいた方が後々世の為人の為だら」

「ほうか……。おまんがそうまでいうなら、俺としても、憐れみをかけてやる必要はないわなァ」

(ふん、憐れみなどいらんわい)

勝負は一瞬で決める。長引けば乙部のこと、どんな汚い手を使ってくるか知れたものではない。

榊原に言われた就寝前の日課は今も続けている。五ヶ月の間に戦闘経験も十分に積んだ。御油で手もなく殴り倒されたころの自分とは違う。

乙部の顔に殺気がみなぎった。

(来る)

咄嗟《とっさ》に大きく後方へ跳んだ。果たして同時に乙部の突きが来た。茂兵衛が後方へ退いた分、刺突《しとつ》は空を斬り、乙部はたたらを踏んだ。

(今だ)

渾身の力で敵の槍先を上から叩いた。

バチン。

勢いあまった穂先が行きすぎて地面を叩く。その反動を利用し、今度は槍を上へと振り上げた。

「ぐあッ」

笹刃の切っ先が、乙部の膝の内側——脛当《すねあて》と佩盾《はいだて》の間の無防備な箇所——を斬り裂いた。

すかさず胴と草摺《くさずり》の間を目がけて突きを入れる。これで止めだ。

ガチン。

穂先は甲冑の胴に阻まれ、茂兵衛は舌打ちした。またしても力み過ぎ、狙いが上に逸れたのだ。しかし、茂兵衛の一突きは大きな衝撃となり、乙部は後方へと弾き飛ばされ、尻もちをついた。

もらった！

数歩踏み込み、開脚した乙部の両脚の間に槍先を突っ込み、ピタリと止めた。

「動くな乙部」

敵である茂兵衛に向けて両足を投げ出し、尻もちをついている今の乙部の体勢では草摺も佩盾も役に立たない。このまま茂兵衛が刺せば、太股の血の管を切るなり、陰部をえぐるなり——いずれにせよ命を奪える。

「待てよ……。お、落ち着け、茂兵衛……」

この期に及んで、詐欺漢は茂兵衛に白い歯を見せたが、その笑顔はわずかに引き攣って見えた。

「動けば刺すぞ。薄汚ねェ股座《またぐら》、繰り抜いてやるら」

「兄ィ」

との声に振り向くと、そこには辰蔵と、目を丸くした丑松が立っていた。

「兄ィ、お、乙部の殿様を殺すのか？」

丑松は今も乙部のことを〝殿様〟と呼んでいる。兄が殿様に槍を突きつけているのを見て、弟は混乱しているようだ。

「茂兵衛よ……。一応、乙部様はお味方だがや」

「おまんらは騙されてたんら。乙部は、おまんらも、夏目の殿様も、勝鬘寺も、皆を謀《たばか》っていた大嘘つきの裏切者ら」

「それでも、それでも殺さんでやってくれ。たった数日だけど、俺の主人だったお方だら」

そう叫んだ丑松の目には薄らと涙までが浮んでいる。

茂兵衛の槍を握る力がわずかに緩んだ。

夜目や遠目が利く以外、何の取柄もない弟だが、根っからの善人であることは間違いない。この無辜《むこ》の涙にほだされ茂兵衛は幾度、殴るべき相手、倒すべき敵に情けをかけてきたことだろうか。

「や、今回はダメだら。この悪党だけは……」

「兄ィ、そこをなんとか、後生だから兄ィ」

「う、丑よ……あぁッ！」

その悪党に柄を掴まれ、槍をもぎ取られた。慌てる茂兵衛の頭上へと、自分の槍の石突が振り下ろされた。

ゴッ。

目から火花が散った。薄れていく意識の隅で、陣笠を東の城門においてきたことを悔やんでいた。

五

目を開くと、心配そうに覗き込む丑松と辰蔵の顔が見えた。

「兄ィ、大丈夫かよ？」

「……」

寝かされているのは狭く薄暗い部屋だ。丑松と辰蔵以外にも、多くの人の気配がある。

(どこだ？　いつもの寝小屋じゃないな)

叩かれた部分が心配になり、手を伸ばして触ると頭が割れるように痛んだ。

五ヶ月前、茂兵衛は大原の倉蔵の頭を薪でなぐり、結果、彼は命を落とした。もし今回、槍で頭を叩かれた茂兵衛が死ねば、その旨を伝え聞いた植田村の連中は「因果応報だ」と大喜びするに違いない。

「お、乙部は？」

「俺が兄ィに駆け寄ったろ？　その隙に、おらんようになった」

これで、乙部に気絶させられたのは二度目だ。二度とも、茂兵衛の側に油断があり、そこを抜け目なく奴に突かれ、前後不覚に陥ってしまった。弟に看病されて覚醒するところまで同じだ。

(まったく、俺の間抜けさ加減はどうだ？)

と、心中で臍《ほぞ》を噛《か》んだ。

ただ二回とも、命は奪われなかった。今回も前回も、昏倒した茂兵衛を殺すことは容易だったはずだ。ま、乙部には乙部なりの分別があったのだろう。

「で、俺の槍は？」

「殿様が持ってった」

「乙部ッ！」

癇癪《かんしゃく》がおき、思わず身悶《みもだ》えすると、頭がズキリと痛んだ。

（……ク〜ッ）

ゆっくりと身を起こしてみた。

今度は痛まない。要は、急な動きをするとか、打たれた箇所にある瘤《こぶ》に触れたりしなければ、さほどには痛まないようだ。

（ああ、ここは蔵の中だな）

身を起こし、見回して初めて気づいた。野場城には蔵が三棟あるが、そのうちの一つの中だ。火薬や弓矢や御貸具足などが多数置いてあるところを見れば、多分武器庫だろう。他に米や味噌が積まれた食糧庫が二棟ある。

かび臭く、狭い室内には十数人の城兵がおり、次郎左衛門、大久保四郎九郎の姿もある。酷い傷を負い横になっているのは小頭の榊原左右吉だ。

こうなった経緯を辰蔵が話してくれた。

昏倒した茂兵衛を二人で引き摺り、誰もいない蔵に入った。蔵の中なら、矢も鉄砲の弾も飛び込んではこないし、静かで安全だろうと判断したのだという。

ところが後から、次郎左衛門や大久保までもが逃げ込んできて「最後の戦をする」と息巻いているらしい。

「つまり、城はもう落ちた……ちゅうことか？」

「ああ、この蔵も十重二十重《とえはたえ》に囲まれておるわ」

ドカン！

唐突に耳元で鉄砲の発砲音がして、茂兵衛の頭はズキリと痛んだ。

蔵の入口で次郎左衛門と大久保が、最後の抵抗を続けているのだ。

榊原は槍で脇の下を刺し貫かれており、出血が激しく、明らかに茂兵衛より重篤な様子であった。ちなみに、東の城門で顔を刺された本多比古蔵は、あのまま息を引き取ったらしい。

「お〜い、次郎左衛門殿……暫時《ざんじ》、話をしようぞ」

この五ヶ月の間、幾度か耳にした深溝領主松平又八郎の声だ。蔵の外から怒鳴っているようだ。

「やかましい！　寄らば撃つぞ！　命が惜しくば、近寄らぬことじゃ」

次郎左衛門が怒鳴り返した。

ドカン！

大久保がまた撃った。蔵の中には濛々たる白煙がたち込めている。煙が触れると肌がチリチリと痛んだ。

「おい四郎、当てるなよ。今さら一人二人道連れにしても仕方がないぞ」

「大丈夫。当てやしませんら」

と、大久保が次弾を装塡しながら応えた。

「俺、やります」

茂兵衛は立って大久保の側へいき、鉄砲の装塡を引き受けた。

「おまん、頭は大丈夫か？」

「へい、触らにゃ、そう痛くもねェです。ただ、しばらく陣笠は被れませんですら」

「ハハハ、そりゃ、辛いのう」

と、次郎左衛門が苦く笑った。茂兵衛が乙部八兵衛と一騎打ちし、奪われた槍で頭を殴られたことは、蔵中の誰もが知っていることらしかった。

「おまんの仇敵。乙部八兵衛殿は、あっこにおるら」

と、大久保が顎をしゃくった。

入口から首を伸ばしのぞいてみると、包囲した寄せ手の中に、乙部のとぼけた面が交じっており、茂兵衛と目が合うと、恥知らずにもニコリと微笑み、手を振ってみせた。

（あの野郎……。いつか殺してやる）

腹は立ったが、乙部の膝の辺りには白い晒布《さらしぬの》が巻かれており、足を引きずっている。あの傷は自分が負わせたのだと思えば、幾分か溜飲が下がった。

「ま、大したもんじゃ。乙部は憎い裏切者だが、腕は立つ。奴と互角以上の勝負ができたなら、お前の腕も相当なもんということよ」

「……へい」

結局は殴られて気絶したのだから、あまり体裁はよくなかったが、それでも主人から褒められれば嬉しかった。

「お〜い、次郎左衛門殿！」

また表から、又八郎の声が呼んだ。

「なんじゃ、又八郎殿!?」

「もう大勢は決した。野場城だけではないぞ。岡崎の辺りでも、矢作川の西でもそうだ。明日か明後日には岡崎様と三ヶ寺の間で和議が結ばれる。もう、三河人同士で殺し合うのは止めじゃ」

「本当に戦は終わりなのか？」

「ほうだ。嘘は言わん」

「ならば家子郎党《いえのころうとう》、女子供……城内の者の命、助けてやってくれ」

「元よりじゃ！　誰も殺さん！　我が殿、家康公にあっては、三河三ヶ寺の住持《じゅうじ》を追放とする以外は、誰も咎め立てはせん御方針じゃ……お主も六栗の領地も元通り。だから次郎左衛門殿、今すぐ旗を巻かれよ！」

「ほう、さすがは苦労人の岡崎様、御寛大な」

と、大久保が独り言のように呟いた。

次郎左衛門はしばらく考え込んでいたが、やがて、声を張った。

「城内の者を許して下さるのはありがたい。ただ、ワシだけはそうもいかん。岡崎様に歯向かった以上は腹を切る。生き恥を晒しとうはない」

「なにが恥なものか！　その岡崎様が『誰も死ぬな、殺すな』と命じておられるのだぞ。主人の下命を守ってそれが恥なら、侍などやっとれんわ！」

即座に又八郎が怒鳴り返した。声に力がこもっている。本心から「腹を切らせたくない」と思っているようだ。

「殿、又八郎様の申し分、一応道理は通ってますな」

「うるさい。今考えておる。黙っとれ」

珍しく次郎左衛門が郎党を睨みつけた。大久保の声の中に「馬鹿らしいから、腹など切るな」との意図を読み取り、気分を害したようだ。

「茂兵衛、ちょっと……」

背後で辰蔵が小声で呼んだ。しばらくは鉄砲を撃つこともなかろう。大久保に目配せしてから側を離れた。

榊原左右吉は死にかけていた。医者でなくとも見れば分かる。精力がみなぎっていた赤ら顔には血の気がなく、目からは生気が失せていた。

「小頭、しっかりして下され」

「茂兵衛よ……。ワシは、もういかん。弥陀がすぐそこまで来られとる。ただな、おまんの人生はこれからよ。おまんの腕と度胸があれば必ず出世できる。乱世の方でおまんを放っておかんだろうさ」

ここで榊原は、震える手で茂兵衛の襟を摑んで引き寄せた。耳元に口を寄せ、小声で囁いた。

「我が殿は、慈悲深く誠実なお方だ。だが、それだけに出世は先が見えておる。それが戦国の習いというものよ。御子息方も似たり寄ったり。……茂兵衛よ、機会があれば主人を替えよ。折角、命を捧げるなら、もそっと出世しそうな殿様に仕えろ。できれば、国守の直臣《じきしん》となれ」

「国守の？」

「ほうだ。三河なら松平家康様、駿河の今川は落ち目だが、西に行って織田家に仕えるのも面白いな」

「……」

「乱世である限り、侍は仕える殿様を選べる。自分の命と人生を託すに足る殿様を、自分の料簡で選べばええ。そこが百姓と侍の大きな違いよ。茂兵衛、その特権をおまんは十全に生かせ」

五ヶ月前、次郎左衛門から似たようなことを言われた記憶がある。侍の方が百姓より、自分で自分のことを決められる——そんな話だったように思う。

「へい、もし機会がありましたら、そんなことも考えてみます」

そう答えると、小頭はさも安心したように摑んでいた襟を離したが、なにを思い直したのか、今度は茂兵衛の頰をつねり上げた。

「イテテ」

顔をしかめる茂兵衛を見て、口髭の両端がわずかに持ち上がった。小頭は「少し、眠る」と呟き、静かに目を閉じた。

振り向いて蔵の入口をうかがうと、次郎左衛門はまだ不機嫌そうに押し黙り、思案に暮れていた。大久保は鉄砲を抱き、火縄に息を吹きかけながら、表を見張っている。二人とも茂兵衛に用はなさそうだ。

音を立てないように榊原の側を離れ、壁にもたれて座り込んでいる丑松と辰蔵の横に並んで蹲《うずくま》った。

「小頭、なんだって？」

辰蔵が小声で訊ねてきた。

「ま、しっかり生きろ、とか、そんな話だら」

まさか「夏目の殿様は駄目だから、主を替えろと助言された」とも言えない。

「なぜ、おまんにだけ？　俺にはなんにも言わなかったぞ」

「や、俺らにも言ったでねェか？」

と、相手の気持ちを読めない丑松が、横から混ぜ返した。

「辰蔵と丑松は、正直な気持ちでどこまでも茂兵衛についていけって」

「そ、そんなこと言われた覚えはねェら」

「や、確かに言われたがね。そうすれば、俺らの身も安泰だって、生き残りたけりゃ茂兵衛についていけって言われたがね」

「…………」

辰蔵と目が合った。相棒は気後れしたように視線を床に落とした。

「な、茂兵衛よ」

「ん？」

「もしおまんが出世したら、俺もちゃんと引き立ててくれるんだろうな？」

「たァけ！　俺は負けた側の足軽だら。出世するわけなかろうが」

「ンなこたァ、どうでもええ！　その気があるか、ないか、どっちだら⁉」

辰蔵の真意が今一つよく分からなかった。ただ、茂兵衛を見つめる彼の目は真剣そのものだったから、茂兵衛も本気で答えることにした。

「ああ、必ずそうする」

「嘘はねェな⁉」

「約束は守るよ」

「なら俺は、今からおまんの家来になってやるら」

「好きにしな。俺ァおまんを朋輩《ツレ》だと思うとる」

「ツ、朋輩か……それもええな。やい丑松、俺と茂兵衛は朋輩なんだぞ」

「ほんじゃ、俺と辰蔵《おまん》も朋輩か？」

「なんで、丑松《おまん》みたいな薄馬鹿と……」

「でも、俺ァ茂兵衛の弟だぞ？」

そう言って、丑松は辰蔵の目を覗き込んだ。辰蔵は、しばらく考え込んでいたが、やがて——

「ま、朋輩の弟だから、俺と丑松も朋輩……みたいなもんかな」

「ほうか、俺と辰蔵は朋輩か……。兄ィ、俺、十七年生きてきて初めて朋輩ができたぞ」

「丑松、朋輩ができてよかったなァ」

「うん、俺、嬉しい」

辰蔵が実に嫌そうな顔をした。

「お～い、又八郎殿！」

次郎左衛門が、急に声を張った。あまりに唐突だったので、傍らの大久保があやうく鉄砲を取り落としかけた。

「あ、ど～された次郎左衛門殿⁉」

深溝勢の中から又八郎が応えた。

「ほんとに、城兵と女子供に手出しはしないのだな？」

「ああ、重扇《かさねおうぎ》にかけて誓う」

重扇は深溝松平家の家紋である。

「ほんなら……。旗を巻く！」

様々な思いがあるのだろう、舌がもつれた。

「はあ？　なんと申された？」

「だから、降参する！」

「ほうか。ならば、安心して出てこられよ」

「得物は如何する？」

「脇差のみ許す。それ以外の得物は、そのまま蔵の中において出てこられよ」

「委細承知」

そう応えて後、次郎左衛門は蔵の中の城兵たちに向き直った。

「聞いての通りだ。ワシは旗を巻く。昨年の十月以来、皆よく戦ってくれた。夏目次郎左衛門、この通り礼を申す」

と、家来たちに深々と頭を下げた。

（夏目の殿様は本当に善良なお方だ。しかし乱世では、善良であることが逆に出世の妨げにさえなる……小頭はそう言いたかったのだろうな）

心中でそう思って、眠る榊原を振り返って見た。

(あ、小頭?)

茂兵衛は、慌ててにじり寄った。

口と鼻の上に掌を翳《かざ》してみたが息をしていない。

榊原左右吉はすでに死んでいた。

目といわず、頬といわず、顔の皮膚が落ち込んでおり、頭骨の輪郭が透けて見えるようだ。親父が亡くなったときとまるで同じだ。

周囲にも異変は伝わったようだが、誰も何も言わない。ここはまだ戦場なのだ。足軽小頭の死が特別の意味を持ったり、誰かの感情を突き動かしたりすることとは一切なかった。

(……色々と世話になりましたら)

と、茂兵衛は手を合わせた。殴られたり、つねられたりしたが、遺恨は消えており、恩人との別れがただただ寂しかった。

六

深溝松平家により虜《とりこ》となった野場城兵の数は意外なほど少なかった。

開城降伏時には、将兵だけで五十人ほどが城内にいたはずなのだが、本證寺、勝鬘寺からの援軍衆に逃亡者が相次ぎ、深溝側も見て見ぬ振りをしたので、最終的には夏目党を中心に二十数人しか残らなかった。

そもそも援軍を率いていた四人の武将は一人も残っていない。大津半右衛門、土左衛門の兄弟と久留善四郎の三人は本證寺や勝鬘寺へと逃げ帰ってしまったし、件のごとく乙部八兵衛は深溝側へと寝返った。ま、援軍とは、かくも頼りにならない存在なのだということを茂兵衛は学んだ。

夏目家では十五人いた侍衆のうち、家宰の本多比古蔵と足軽小頭の榊原左右吉、大久保四郎九郎の弟子である徒武者の富山三郎太の三人が討ち死にした。生き残った侍のうち、夏目次郎左衛門と二人の息子、大久保四郎九郎以下六人の郎党は、最終的な処遇が決まるまでの間、深溝城内で軟禁されるらしく、移送されて行った。

茂兵衛ら雑兵たちは、野場城門外で解放された。どこに行っても勝手、好きにすればいいという。次郎左衛門の妻以下、女子供たちも同時に解放されたので、共に六栗に帰ることとなった。

ただ、そう言われても五ヶ月前、彼らは六栗が焼ける煙を見ている。深溝勢に蹂躙《じゅうりん》され、廃墟と化した村に帰るのは気が重かったのだが、案に反して、村の被害は大したことがなかった。

夏目家の城館である六栗城こそ城門や柵などは破壊されていたが、周囲の百姓家にひどい被害は見受けられず、農民たちも日々の暮らしを再開していた。

(なんだ。深溝衆は欲が薄いなァ)

敗残兵たちは驚き、喜んだものだが、そこが内戦なのだろう。敵も味方も、互いに地縁血縁で繋がっており、自ずと破壊や略奪に抑制がかかったものと思われた。茂兵衛たちが見た煙も、無人の納屋が数棟焼かれたときのものと判明した。

夏目家での奉公に見切りをつけ、岡崎や東三河の在所に帰る者も多く、結局六栗には三人の徒武者と、茂兵衛、辰蔵、丑松を含めて九人の足軽が残るだけとなった。十二人は互いに協力し、六栗城の修繕などをしながら、次郎左衛門たちの帰還を待つことにした。

数日後、松平家康と三河三ヶ寺の間で和議交渉が行われた。場所は今回の最たる激戦地で、一時は家康の本陣も置かれた上和田の浄珠院である。

西三河では各地でまだ局地戦が続いており、政情は不安定。三ヶ寺との和議成立を急ぐ家康は、至極寛容な内容を提示したようだ。

一つ、一揆に加担した者の本領を安堵する。

一つ、一揆首謀者の一命を助ける。

一つ、寺院や道場、僧侶は「もとのまま」とする。

家康は起請文を書き、一揆側に手渡した。

実は、この和議には後日談がある。

一向一揆の恐ろしさを身をもって知った家康は、三河中の一向宗寺院に改宗を迫った。本證寺、勝鬘寺、上宮寺などは起請文をたてにとり、改宗に応じなかったが、家康はそれらの寺を破壊し、僧侶たちを追放したのだ。

これは明らかな違約である。当然、門徒側は家康に抗議した。

それに答えた家康の言葉が伝わっている。

「『もとのまま』とは『もとの原野に戻す』という意味である」

——後年、大坂の陣で「惣堀《そうぼり》」を「すべての堀」と強弁した家康流牽強付会《けんきょうふかい》術の萌芽《ほうが》を感じないか。

本證寺の空誓は加茂郡の菅田和《すげだわ》へ退去し、勝鬘寺の了意《りょうい》は信濃国へ、上宮寺の勝祐《しょうゆう》・信祐《しんゆう》父子は尾張国へ退去——これ以降二十年近く、三河は一向宗禁制の地となるのである。

和議が成った翌日には、次郎左衛門ら深溝城に軟禁されていた九人が、無事六栗へと帰ってきた。夏目党は人数をかなり減らしたが、それでも次郎左衛門は、六栗村領主の座が安堵された。村が略奪破壊の被害を受けなかったこともあり、六栗の再生は案外早そうだ。

ある朝、茂兵衛は次郎左衛門に呼ばれ、母屋に出向いた。

「茂兵衛、参りました」

書院の廊下に畏《かしこ》まると、討ち死にした本多比古蔵の代わりに家宰を務めることになった大久保四郎九郎が同席していた。

「茂兵衛、お前、どうだ？」

「どう？　あの、なにが？」

「おもしろ可笑しく暮らしておるか？」

「……へい、それはもう、お陰様で」

どうも様子が変だ。

次郎左衛門は図抜けた才人でこそないが、普段、その言葉は率直で分かり易く、迂遠《うえん》なところが少ない。それが今日に限っては、発言がまどろっこしいのだ。言いたいことがまったく見えない。次郎左衛門の傍らで、大久保四郎九郎がニヤニヤしているのも不気味だ。

「お前ほど使える足軽は滅多におらん。できれば手許に置きたいところなのだが、如何せん、今回の一揆で岡崎様に大きな借りができた」

大きな借り——家康に反旗を翻して五ヶ月も籠城し、随分と手こずらせた割には、命を救われた上に本領まで安堵されたことを指すのだろう。

「今度な、家康公は家臣団を増やす御予定なのだ」

「はあ」

「二百人ほどだった御直参を、三倍に増やす。ま、六百人だな」

「ほおですか」

戦国も、この時期までの兵制には、多分に中世的な仕組みが残っていた。戦となると、国守である家康は、夏目党や深溝松平家などの国人衆に対し陣触れを発する。次郎左衛門や又八郎は数十人から百人ほどの軍勢を整え、岡崎城へと馳せ参じて御奉公を——つまり、軍役を果たすのだ。言わば寄せ集めの軍隊であり、家康は国人衆の顔色をうかがいながら指揮を執ることになる。国守の権威と実力は絶対的なものではなく、同等者中の筆頭者の域を出ない。今回の一向一揆掃討を通じて、そのことを誰よりも痛感したのは家康自身であったろう。

そこで、己が直轄軍となる旗本衆の拡充を図ろうとしているらしいのだ。旗本の本来の役割は、主君の護衛部隊である。ただ、護衛だけなら二百でも多過ぎるのであって、それが六百となれば、護衛に加え、ゆくゆくは攻撃にも旗本部隊を投入していこうとの腹積もりが透けて見える。

「つまり、家康公は人手が要るわけじゃな」

「へい」

「そこでお前は今後、槍足軽として岡崎の松平家康公にお仕えするのだ」

「や、でも、俺ァ最近まで敵側だったわけですし」

「敵も味方もあるかいな。もう戦も一揆も終わったのじゃ。深溝で『誰ぞ手練れを差し出せ』と言われてな、即座にワシは、お前の名を挙げた」

「そ、そりゃ、どうも」

茂兵衛は混乱していた。

「手練れ」とか「使える」とか持ち上げられて嬉しくはあったのだが、幾日か前まで実際に殺し合っていた相手に「仕えろ」と言われても、どうしていいのかよく分からない。

（どうするかな……。小頭の言ってた通りの話ではあるのだが）

榊原左右吉は「主人を替えろ」と死の直前、茂兵衛に助言した。さらに「国守の直臣になれ」とも言い残した。もし今回、松平家康直属の足軽にしてもらえるのなら、まさに榊原小頭の遺言の通りになる。

（ま、戦と言っても、のんびりした戦いであったわけで。やれ『敵だった、味方だった』と気に病むほどのことはないのかも知れんな）

茂兵衛はさほどに慎重な性質ではない。楽天的だし、何事にも前向きな男だ。

「仰る通りに致します。茂兵衛は岡崎様の家来となります。つきましては一つお願いが——」

「なんでも申してみろ」

「相棒で朋輩の辰蔵と、弟の丑松の両名を一緒に連れて参りたく存じますが、いかがで？」

「構わん。野場城に籠っとった歴戦の足軽だと言えば、岡崎様では大歓迎じゃろうて。なんならワシが推薦状を書く」

「あ、ありがとうございます」

と、茂兵衛は平伏した。よかった。これで辰蔵との「もしも出世したら、引き立てる」との約束を、ほんの少しだが果たしたことになる。

「それからな」

と、大久保が初めて言葉を発した。

「今までのおまんは、小者が数合わせで槍を持たされた、形《なり》だけの足軽だったが、家康公お抱えの足軽となれば、最下層ながら一応は武士だ。名もそれらしく改めねばならん。——おまんの家に姓《せい》か苗字はあるのか？」

「ございません」

「おまん、出は渥美だら？　村の名は？」

「へい、植田村と申します」

「殿、植田茂兵衛ではいかが？」

「植田茂兵衛か……。なかなか、よろしい。いかにも軽輩風《けいはいふう》じゃが、この先出世すれば、名など幾らでも変えればよい」

「ほたら、おい茂兵衛、おまんは今日から植田茂兵衛と名乗れ。故障を入れる者がいたら『前の主、夏目次郎左衛門吉信に付けてもらった』と言い返してやれ、よいな」

「へいッ。あ、ありがとうございます」

と、平伏した。

最前から、大久保はニヤついていた。その理由が分からず、どうにも不気味だったのだが、今はなんとなく分かる。大久保は嬉しかったのだ。

茂兵衛は兜首を二つ挙げ、大手門の攻防戦では見事な側面攻撃を指揮、一時は城の窮地を救った。大きな手柄を幾つも立てたわけだが、奮戦空しく城は落ち、味方は敗れた。敗残兵に褒賞はない。

ま、これが勝ち戦ならば侍に、最低でも徒武者にしてもらえるほどの大手柄だが、せめて国守の直参となり、足軽ながらも主から正式に苗字を賜《たまわ》れば、なんとか帳尻が合う——そう思って、大久保はニヤニヤしていたのだろう。

「本当に、本当にありがとうございますら！」

次郎左衛門と大久保の恩情が心底から嬉しかった。茂兵衛はいつまでも廊下に額をこすりつけていた。

終章　邂《かい》逅《こう》

咲き残っていた桜も散り、里山を躑躅《つつじ》の紅が彩り始めたころ、足軽植田茂兵衛は六栗城の夏目次郎左衛門のもとを発《た》ち、街道を北へと向かった。実弟の植田丑松、朋輩の木戸《きど》辰蔵とともに、岡崎の松平家康に仕えるためである。

辰蔵の苗字〝木戸〟は、茂兵衛の〝植田〟に倣い、出身地の村名から引いて名付けた。木戸村は岡崎から二里半（約十キロ）ほど南西にある矢作川西岸の小さな集落だ。

「水はあるら。土も肥えとるから確かに米はよう穫れる。ただ、秋になると洪水《おおみず》が出よるからのう……。水が引いても、家や田圃《たんぼ》は泥だらけよ」

毎年毎年、田畑から汚泥《おでい》を除去せねばならない。その不毛な労働が辛くてたまらず、辰蔵の父は百姓に見切りをつけ、商いの道に進んだ。そして今、その倅《せがれ》が故郷の地名を苗字に冠し、武士を志そうとしている。

「そんな話、初めて聞いたら」

菱池沿いの街道を三人でのんびりと歩きながら、茂兵衛は辰蔵の顔をのぞきこんだ。

「おう、初めて話したからな」

「俺ァ、おまんの家は代々の商人だと思うとったら」

「なぜよ？」

「なぜって……」

辰蔵は人付き合いが巧く、利に敏《さと》く、知恵がまわる。自分たち百姓とは、どこか異質なものを感じていたからだ。ま、そういう茂兵衛自身も実母から「百姓に向いていない」と言われたのだが。

「でも、どうして黙っとった？」

「そら、ま、色々とあるがね」

辰蔵が嫌そうな顔をするので、それ以上の詮索は止めることにした。

祖父は百姓、父は商人、自分は武士と——物事を続けられない、飽きっぽい家系と見られるのが嫌なのかも知れない。

（そんなこと気にせんでもええら。人を殺して、在所におれんようになった俺に

比べれば、よほどましだら)

本日の茂兵衛たちは、曲がりなりにも侍のいで立ちである。古着だが、次郎左衛門から贈られた小袖に袴を着け、脇差を佩《お》び、茂兵衛と辰蔵は分不相応な持槍まで担いでいた。ちなみに辰蔵の槍は、大手門外で拾った件の鹵獲品《ろかくひん》である。

四半刻(約三十分)ほど歩くと野場城が見えてきた。ほんの十日前まで、茂兵衛たちはこの城に籠り戦っていたのだ。今は深溝松平勢が差配しているが、いずれは廃城になることが決まっているらしい。

「もったいねェら。堅い城なのによ」

茂兵衛は足を止め、感慨深く大手門の矢倉を見上げた。

「ほうだら、乙部様が裏切らなんだら、今も落ちてねェさ」

「辰蔵よ、あんな野郎にいちいち〝様〟をつけるな!」

「そうもいかんら。今は敵も味方もねェし、相手は歴とした士分なんだからよ」

「ふん、気分が悪いわ」

と、茂兵衛が吐き捨てた刹那——

「この糞がッ」

との大音声が轟き、茂兵衛は思わず肩をすぼめた。

森の陰から青毛の若駒が姿を現わした。

長い槍を抱えた鎧武者が騎乗しており、こちらに向かって進んでくる。

左手で顔を拭い、いまいましそうに、なにかを地面に投げ捨てた。

「どうしていつも、俺にばかり蜘蛛の巣が引っかかるんだら？　胸糞悪いわ」

よほど大柄な男らしく、乗っている馬が小さくみえる。鐙《あぶみ》においた両足がほとんど地面に付きそうだ。兜は被っていないが、漆黒の当世具足が背景の新緑によく映えていた。

若武者は茂兵衛らに気づくと声をかけてきた。

「おまんら、どこの者だら？」

――言葉は三河弁丸出しだ。そこまで高貴な身分でもないらしい。

「へい、夏目家の足軽にございます」

「なに。夏目党だと!?」

一瞬、若武者の目つきが殺気を帯びた。

「三人で野場城《のばじょう》を奪還する相談でもしてたか？」

「とんでもございません。国守様にお仕えするよう主から言われ、岡崎まで参るところにございます」

「岡崎に？　俺ァなにも聞いとらんぞ。おまんら……怪しいのう！」

と、槍を持ち直し、茂兵衛を睨みつけた。怖い目だ。

（なんじゃ、このわけの分からん御仁は？　ただ、もの凄い迫力だら。このお侍、乙部や横山軍兵衛とはモノが違うぞ）

「こら、平八《へいはち》！」

背後から、甲高い声が若武者を制した。

見れば、十騎ほどの騎馬武者を引き連れた、これまた若い武士だ。

痩せて神経質そうな男だが、目には光があり、口元は引き締まっている。

やはり兜は被っておらず、美しい色々縅《いろいろおどし》の当世具足に、白い錦《にしき》の陣羽織《じんばおり》をはおっていた。次郎左衛門や松平又八郎の軍装よりはるかに豪華だ。この草深い三河の地で、国人領主より格上の武将がいるとすれば——松平家康しかおるまい。

茂兵衛は槍を置き、片膝を突いて首を垂れた。辰蔵と丑松もそれに倣った。

「平八郎、戦はもう終わったのじゃ。我が領内でそうそう喧嘩腰になるな。お前の悪い癖じゃ」

松平家康と思しき武将から早口でたしなめられ、平八郎と呼ばれた若武者は黙って一礼した。平八郎——本多平八郎忠勝《ただかつ》のことか？　籠城中、雑兵同士の噂話に幾度か登場した若い豪傑の名だ。

「足軽」

「へい」

「気を悪く致すな。この漢は始末に悪い喧嘩犬でな、口も悪いが手も早い。お前、今後ワシに仕える気なら、こやつの面をよく見覚えておけ。城内で見かけたら、早々に身を隠した方がよいぞ、分かったな？」

背後の騎馬武者衆が一斉に笑った。

「へい」

武将はそのまま馬を進め、野場城内へと消えていった。

「こら、足軽」

顔を上げると、平八郎だけはまだ居残っていた。

「おまんのせいで、殿からお叱りを受けたら」

「へい、申しわけございません」

「おまん、まこと岡崎に来る気か？」

「へい、そう言いつかっております」

「ほうか、ふ〜ん」

と、馬上で思案顔になった。空疎な沈黙が流れる。どうやら、あまり頭の回転が速い方ではないらしい。

「ま、ええわ。それからのう……岡崎城内で俺を見かけても、いちいち隠れんでええぞ。ただでさえ喧嘩犬やら馬鹿八と呼ばれ閉口しとるのだ。無闇矢鱈《むやみやたら》と足軽を殴ったりせんわ。外聞が悪うていかん」

そう言い残すと、平八郎は鐙を蹴り、主人一行の後を追って野場城内へと姿を消した。

「ふう、えらかったのう」

平伏していた三人の口から同時に溜息が漏れた。

「おい茂兵衛、白の陣羽織……。あれ、松平様かね？」

「どうも、そうらしい」

「随分とお若いな」

「ああ、確かまだ二十三、四のはずだら」

「あのさ」

丑松が笑顔で話に割って入ってきた。

「槍のお侍は馬鹿八と呼ばれとるらしいが、俺もさ、植田村では馬鹿松と呼ばれとったから、馬鹿と馬鹿とで馬が合いそうだら」

「たァけ、喜んどる場合じゃないがね」

呆れ顔の兄が弟をたしなめた。叱られて頭を掻く丑松の向こう側で、急に辰蔵が吹き出した。

釣られて茂兵衛と丑松も吹き出し、三人の若者は顔をくしゃくしゃにして笑った。

本作品は、書き下ろしです。

双葉文庫

い-56-01

三河雑兵心得《みかわぞうひょうこころえ》
足軽仁義《あしがるじんぎ》

2020年2月15日　第1刷発行
2023年11月20日　第17刷発行

【著者】
井原忠政《いはらただまさ》

【発行者】
箕浦克史
【発行所】
株式会社双葉社
〒162-8540 東京都新宿区東五軒町3番28号
［電話］03-5261-4818(営業部)　03-5261-4831(編集部)
www.futabasha.co.jp(双葉社の書籍・コミックが買えます)
【印刷所】
中央精版印刷株式会社
【製本所】
中央精版印刷株式会社

【フォーマット・デザイン】
日下潤一

ISBN978-4-575-66987-9 C0193
Printed in Japan